Melissa Foster

In for a Penny – Süßes Glück

Die Whiskeys: Dark Knights aus Peaceful Harbor
Kurzroman

www.MelissaFoster.com

DIE AUTORIN

Melissa Foster ist eine preisgekrönte *New-York-Times-* und *USA-Today*-Bestsellerautorin. Ihre Bücher werden vom *USA-Today-Bücherblog*, vom *Hagerstown Magazin*, von *The Patriot* und vielen anderen Printmedien empfohlen. Melissa hat mehrere Wandgemälde für das *Hospital for Sick Children*, eine Kinderklinik in Washington, D. C., gemalt.

Besuchen Sie Melissa auf ihrer Website oder chatten Sie mit ihr in den sozialen Netzwerken. Sie diskutiert gern mit Lesezirkeln und Bücherclubs über ihre Romane und freut sich über Einladungen. Melissas Bücher sind bei den meisten Online-Buchhändlern als Taschenbuch und E-Book erhältlich.

www.MelissaFoster.com

MELISSA FOSTER
In for a Penny – Süßes Glück

Die Whiskeys: Dark Knights aus Peaceful Harbor

LOVE IN BLOOM – HERZEN IM AUFBRUCH

Aus dem Amerikanischen von Usch Pilz

Falls dieser Kurzroman Ihr Einstieg in die Whiskeys-Welt ist, sollten Sie wissen, dass jedes Buch für sich gelesen werden kann. Also tauchen Sie einfach gleich ein in diese aufregende Liebesgeschichte und verlieben Sie sich mit Penny und Scott.

Für alle Fans der Whiskeys sind Penny und Scott bereits gute Bekannte. Schon seit die beiden in den früheren Büchern der Serie aufgetaucht sind, gehören sie zu meinen liebsten Nebenfiguren, und ich freue mich riesig, nun auch diesen beiden ein Happy End zu schenken. Selbst für mich war es eine schöne Überraschung, als die zwei in *The Gritty Truth – Kein Blick zurück*, dem Roman, der die Geschichte von Quincy Gritt erzählt, zusammengekommen sind. Die Ereignisse, von denen Sie gleich lesen werden, liegen zeitlich einige Monate nach Quincys turbulenten Erlebnissen. Ich hoffe, Sie lieben Penny und Scott so sehr wie ich.

Falls Sie mehr von den Whiskeys und von Penny und Scott lesen möchten, beginnen Sie am besten mit *True Blue – Im Herzen stark*, dem ersten Buch der Serie *Die Whiskeys: Dark Knights aus Peaceful Harbor*.

Den Whiskeys-Familienstammbaum finden Sie unter:
www.MelissaFoster.com/Wicked-Whiskey-Family-Tree

Die gesamte Serie *Die Whiskeys – Dark Knights aus Peaceful Harbor* finden Sie hier:
www.MelissaFoster.com/series-die-whiskeys-dark-knights-aus-peaceful-harbor

Damit Sie keine Whiskeys-Neuerscheinung verpassen, können Sie meinen Newsletter abonnieren:
www.MelissaFoster.com/Newsletter_German

Für weitere Informationen über meine leidenschaftlichen Liebesromane mit Humor und Tiefgang, von denen jeder für sich sowie auch als Teil der gesamten Reihe gelesen werden kann, besuchen Sie meine Website:
www.MelissaFoster.com/Herzen-im-Aufbruch

Viel Freude beim Lesen!
~ Melissa

Eins

Ein sonnig warmer Tag, eine kühle Brise, die übers Wasser weht, und dazu den heißesten Kerl von ganz Peaceful Harbor für mich allein. Was sollte eine Frau sich sonst noch wünschen?

Penny Wilson schlug die Augen auf, blinzelte in die Sonne und studierte dann das Profil des Mannes, mit dem sie seit fast sieben Monaten zusammen war. Scott lag neben ihr auf dem Deck seiner kleinen Segeljacht, und die Antwort auf ihre Frage stand fest.

Mehr.

Mit Scotty.

Er wandte ihr das Gesicht zu und ertappte sie dabei, wie sie ihn ansah. Seine Lippen kräuselten sich zu einem wölfischen Grinsen. Der Blick aus seinen dunklen Augen tastete sich an ihr entlang und blieb so lange an ihrem gelben Bikinitop hängen, dass sich ihre Nippel aufrichteten. Sie sah Glut in seinem Blick auflodern, dann wanderte er tiefer und verschlang sie Zentimeter für Zentimeter. Ihr Bikinihöschen fixierte er besonders intensiv und seine Kiefermuskeln spannten sich. »Hmm-hmm. Hallo, Sexy«, schnurrte er, drehte sich auf die Seite und bot ihr einen ungehinderten Blick auf über eins achtzig von harter Arbeit gestählte, unverschämt männliche Nacktheit. Okay, seine

Badeshorts hatte er noch an.

Scotts lange Finger strichen über ihren Bauch bis zum schmalen Bund ihres Höschens und brannten einen feurigen Pfad in ihre Haut. Er hatte die größten, stärksten Hände, die sie je gesehen hatte, und diese Hände waren sehr talentiert. Die Lust glitt durch ihr Inneres wie eine Schlange, unwiderstehlich angezogen von seinen Berührungen. Sie suchte seinen Blick und entdeckte wildes Verlangen in seinen Augen. Nie zuvor war ihr ein derart sinnlicher Mann begegnet. Seit sie endlich zueinandergefunden hatten, genügte der kleinste Funke, um sie beide in ein flammendes Inferno zu verwandeln. Seine Finger schlossen sich um ihre Hüfte. Er zog sie näher zu sich und schob sich über sie. Schon spürte sie, wie sich seine Härte verheißungsvoll an ihr rieb.

»Du warst viel zu weit von mir weg«, raunte er mit tiefer, rauer Stimme. »Es ist viel schöner, wenn du unter mir bist.«

Scott war kein Mann vieler Worte. Doch er wusste, mit welchen er sie mühelos in Fahrt bringen konnte. Darin war er ein wahrer Meister, konnte wie kein anderer geben und *nehmen*. Schon deshalb nahm sie seit einiger Zeit die Pille. Mit Scott wollte sie spontan sein können. Immer und jederzeit. Vorsichtshalber ankerten sie niemals zu nahe am Ufer oder in Sichtweite anderer Boote. Das eine Mal, an dem sie von einer ganzen Schiffsladung johlender junger Leute in einer eindeutigen Situation überrascht worden waren, hatte ihnen vollauf genügt.

Sie legte die Arme um ihn. Ihr Herz klopfte so wild, dass er es sicher spürte. »Wie soll ich das verstehen, bester Mr. Beckley? Wollen Sie mich etwa hier auf Ihrer *Jacht* verführen?«

Scott arbeitete im Jachthafen. Den alten Kleinkreuzer hatte er für eine Handvoll Dollar gekauft und im Lauf des letzten Jahres mit viel Geschick wieder hergerichtet. Als *Jacht* hätte er dieses zu neuem Glanz erstrahlte Schmuckstück selbst niemals bezeichnet. Er nannte es ganz einfach sein *Boot*. Penny scherte sich nicht um Geld und materielle Dinge. Aber Scott war ihr unsagbar wichtig. Sie wollte, dass er stolz auf seine harte Arbeit war, und darauf, wie weit er es gebracht hatte, seit er als Junge jahrelang seine beiden jüngeren Schwestern vor ihren gewalttätigen Eltern beschützt hatte. Mit siebzehn hatte er Knall auf Fall von zu Hause weggemusst und sich dann als Unterwasserschweißer auf Ölbohrinseln durchgeschlagen. Sarah und Josie, seine Schwestern, waren später nacheinander ebenfalls aus dem Haus ihrer Eltern in Florida geflüchtet. Das Geld, das Scott für sie dagelassen hatte, hatte ihnen dabei sehr geholfen. Beide Mädchen hatten sich neue Namen und eine neue Identität zugelegt und waren aus Florida verschwunden. Leider hatten sie dabei auch den Kontakt zueinander verloren. Zehn Jahre lang hatte Scott nach seinen beiden Schwestern gesucht und sie vor zwei Jahren endlich wiedergefunden. Inzwischen hatte er wieder einen festen Platz in ihrem Leben und war ihren Kindern ein liebevoller und fürsorglicher Onkel.

Scott zog eine Braue hoch, löste Pennys Arme von seinem Hals und drückte ihre Hände über ihrem Kopf auf die Decke. »Versuchen Sie etwa, mir den Verstand zu rauben, Penelope Anne?« Er legte seine warmen Lippen an die Rundung ihrer Brüste. »Sie wissen doch, wie das endet.«

Oh ja, allerdings. Und sie fand es einfach wunderbar. Während er sich an ihrem Schlüsselbein entlangküsste, reckte sie sich ihm entgegen. Er biss ihr gerade fest genug in die Brust, um Lustpfeile durch ihren Körper zu jagen. Sie seufzte sehnsüchtig auf.

»Ich habe bloß dein Spielzeug für große Jungs bei seinem richtigen Namen genannt«, antwortete sie atemlos.

»Seltsam. *Ständer* habe ich dich gar nicht sagen hören«, gab er zurück. Mit den Zähnen zog er ihr Bikinioberteil zur Seite. Dann drückte er den Mund auf ihre Brust und saugte kräftig.

Lustwellen pulsierten durch ihren Körper und sie wand sich wohlig unter ihm. Sein Dirty Talk hatte einen ganz ähnlichen Effekt wie seine Zunge und seine Zähne. Doch all das war noch lange nicht genug. »Falls du auf der Suche nach etwas wirklich Süßem bist, könnte ich dir eine ganz spezielle Stelle vorschlagen.«

Zunächst ging er nicht darauf ein. Seine dunklen Augen schauten hungrig in ihre, während er seine prickelnde Aufmerksamkeit ihrer anderen Brust zuwandte. Dabei rieb er seine Härte an ihrem Schenkel und versetzte alle ihre Nerven in Aufruhr. Bald vibrierte ihr ganzer Körper vor Begierde.

»Scotty«, stöhnte sie und versuchte, die Hände frei zu bekommen. »Ich will dich anfassen.«

Einen Moment lang schweifte sein Blick suchend übers Wasser. So bereitwillig er immer nahm, was sie ihm gab, er vergewisserte sich stets, dass sie auch wirklich dasselbe wollte wie er und dass sie in einer sicheren Umgebung waren. Sekunden später hatte er sie beide aus ihren Badesachen geschält. Seine zu allem bereite Erektion ragte auf bis über seinen Bauchnabel. Pennys Körper bebte vor Verlangen nach ihm. Sie sehnte sich danach, in seinen Armen zu liegen, ihn tief in sich zu spüren und zusammen mit ihm ein Liebesfeuerwerk zu zünden.

Sie streckte die Hand nach ihm aus, doch er schüttelte den Kopf. Mit nachtdunklen Augen drehte er sich auf den Rücken. »Ich will dich auf meinem Mund und mich in deinem.«

»Ach tatsächlich?« Sie lachte. Erfreut über die Gier in seiner Stimme hob sie sich auf die Knie.

Verschämt oder zurückhaltend war sie nie gewesen. Aber so sehr wie Scott hatte sie noch nie einen Mann gewollt. Zu Anfang hatte er sie mit fast zu viel Vorsicht behandelt, hatte sich nicht getraut, sie fester anzupacken, sie umzudrehen, seine Zähne einzusetzen oder sie an den Haaren zu ziehen. Doch die Sorge, er könnte ihr wehtun oder zu weit gehen, hatte sie ihm schnell genommen. Und sie liebte es, ein wenig mit ihm zu spielen.

»Ja, zum Teufel«, knurrte er tief in der Kehle.

Er packte sie an den Hüften, hob sie hoch und zog sie auf sein Gesicht. Mit einem kurzen Ruck platzierte er sie genau dort, wo er sie haben wollte, und sein Mund fand, was er suchte. Exquisite Lustwellen durchliefen sie, und sie rieb sich an ihm und stöhnte ungehemmt. Die heiße Sonne wärmte ihren Rücken, während Scott sie im Handumdrehen in ein seufzendes, sich windendes Bündel aus Leidenschaft und prickelnden Nervenenden verwandelte. Schon bald hatte sie sich ganz in dem verloren, was er mit ihr machte. Als er seine Hand auf ihren Rücken legte und ihren Oberkörper sanft nach unten drückte, fiel ihr ein, was er sich noch gewünscht hatte. Den Gefallen tat sie ihm nur zu gerne. Sie legte eine Hand um seinen Schaft und nahm seine pralle Spitze in den Mund. Er belohnte sie mit einem kehligen Stöhnen. Saugend, leckend, mit Zunge, Lippen und Zähnen brachten sie einander zur Raserei. Penny wandte all die kleinen Kniffe an, die er so liebte, und steigerte seine Lust noch weiter, indem sie ihn, auch während sie kam, weiterverwöhnte. Dann spürte sie, wie seine Muskeln sich spannten, und schon lag sie auf dem Rücken und er war über ihr. Mit einem harten Stoß drang er in sie ein. Seine starken Arme packten sie, hoben sie an und hielten sie fest. Sein Mund verschlang ihren und er stieß in sie hinein. Sie versuchte mit aller Macht, den nächsten Orgasmus hinauszuzögern, denn sie wollte ihn mit Scott gemeinsam erleben. Zusammen mit ihm war alles noch viel besser. Ihre Nägel gruben sich in seinen Rücken, während er die geheime Stelle in ihr mit unnachahmlicher Präzision fand und rieb. Versengende Hitze jagte durch ihre Adern bis in ihre Fingerspitzen. In dem Moment, in dem sie die Kontrolle verlor, gab auch er den letzten Widerstand auf, riss den Mund von ihrem und zischte durch seine zusammengebissenen Zähne ihren Namen.

Nur langsam kamen sie wieder zu Atem und fanden von ihrer Wolke zurück auf die Planken der kleinen Jacht. Scott hielt Penny in den Armen und bedeckte ihr Gesicht mit Küssen.

»Das war der Wahnsinn, Pen. Verdammt, du machst mich fertig.«

Und du machst mich ganz.

Sie lag in der Geborgenheit seiner Umarmung und dachte daran, wie weit sie bereits gekommen waren. Sie und Scott hatten schon länger einen gemeinsamen Freundeskreis und waren sich deshalb oft begegnet. Letztes Jahr um diese Zeit hatte es im Whiskey Bro's eine Junggesellenauktion für einen guten Zweck gegeben. Sie und Scott waren damals einfach nur Freunde gewesen. Die Whiskeys waren wie eine Familie für sie, und die Idee mit der Versteigerung stammte von Dixie Whiskey-Stone. Selbstverständlich hatten sich alle ihre männlichen Freunde, die gerade ohne Anhang waren, zur Verfügung gestellt. Auch Scott und Quincy Gritt, Pennys engster Freund. Fast jeder in ihrem Umfeld war davon ausgegangen, dass aus Penny und Quincy bald ein Paar werden würde.

Doch sie beide hatten es besser gewusst.

Obwohl sie so vertraut miteinander waren, hatten sie nie auch nur einen Hauch des irren Knisterns gespürt, das die Luft zwischen ihr und Scott zum Schwingen brachte. Dabei hatte Penny bis zum Abend der Versteigerung seltsamerweise nicht einmal geahnt, wie sehr sie Scott mochte. Strotzend vor Selbstbewusstsein war dieser kernige Typ auf die Bühne marschiert und hatte sämtliche Frauen elektrisiert. Nie würde sie vergessen, wie ihr Magen sich zusammengezogen und wie die Eifersucht sie gepackt hatte, während die Frauen ihre Gebote auf ihn abgegeben hatten. Einen Moment lang hatte sie daran gedacht, ebenfalls mitzubieten. Doch bis dahin hatte Scott nie wirklich Interesse für sie gezeigt. Cassie Lawrence schien er deutlich anziehender zu finden. Ihr gehörte die Bäckerei in der Nähe von Pennys Eiscafé. Nachdem sich Cassie das Date mit Scott gesichert hatte, war Penny regelrecht schockiert gewesen, wie sehr ihr das zu schaffen machte. Sie hatte geglaubt, von nun an würde man Scott und Cassie nur noch gemeinsam antreffen und sie wäre aus dem Rennen.

Aber es war anders gekommen.

Ihre heimliche Schwäche für ihn war geblieben und hatte sich in seiner Nähe jedes Mal deutlich bemerkbar gemacht. Er hingegen hatte stets den Anschein erweckt, als würde sie ihn kaltlassen. Bis er letzten November wieder einmal auf Bradley, Lila und Maggie Rose, die drei Kinder seiner Schwester Sarah und ihres Verlobten Wayne »Bones« Whiskey, aufgepasst hatte. Scott hatte Peggy angerufen und gefragt, ob sie ihm mit Maggie Rose, dem Baby, helfen könnte. Dabei hatte er sich ganz anders angehört als sonst. Eher wie ein Mann, dem eine Frau im Kopf herumspukte, als wie ein guter Kumpel, der Unterstützung brauchte. Die Hitze in seiner Stimme hatte sie ganz kribbelig gemacht. Trotzdem hatte sie eisern versucht, sich ganz cool zu geben. Doch nachdem sie die Kleinen ins Bett gebracht hatten, hatte Scott sie zunehmend an einen Tiger im Käfig erinnert.

Mit glühendem Blick und zuckenden Muskeln, die seine innere Anspannung verrieten, hatte er regelrecht geknurrt: *Stehst du auf Quincy?* Seine Frage hatte sie verblüfft. Quincy war seit Monaten bis über beide Ohren in seine jetzige Freundin Roni Wescott verliebt gewesen, und Penny hatte geglaubt, das wüsste inzwischen wirklich jeder. Schließlich wohnte Roni nun sogar bei ihm. Als sie geantwortet hatte: *Nein, Scotty. Ich stehe auf dich,* hatte er sie in seine Arme gerissen und sie geküsst, bis ihr Hören und Sehen vergangen war. Und seither brannte zwischen ihnen die Luft.

»So lässt es sich leben. Nur du und ich und keine Verpflichtungen. Und Kleidung wird sowieso überschätzt.« Er hauchte ihr einen Kuss auf die Lippen. »Wir könnten die Segel setzen und für ein paar Wochen verschwinden. Nur wir beide.«

»Klingt himmlisch.« Sie schaute in sein schönes Gesicht und träumte einen Moment lang mit. Scott hatte sich in den letzten Monaten sehr verändert, war längst nicht mehr der verschlossene, unnahbare Kerl, den sie vor beinahe zwei Jahren kennengelernt hatte. Selbst sein Äußeres war anders. Sein Haar war damals noch länger und heller gewesen. Kurz geschnitten erinnerte es jetzt eher an dunkle Schokolade als an Karamell. Auch sein Blick wirkte deutlich entspannter und weniger wachsam. Sicher würden sich die Schatten, die seine gewalttätigen Eltern hinterlassen hatten, für immer irgendwo in diesen wunderbaren dunklen Augen verstecken, und sie wünschte, sie könnte ihm die schlimmen Erinnerungen nehmen. Scott fühlte sich in ihrem Freundeskreis wohl und war auch ihr gegenüber schon nach kurzer Zeit lockerer geworden. Doch erst seit sie beide zusammen waren, hatte er sich ihr wirklich geöffnet und sie in sein gequältes und doch so liebevolles Herz gelassen. Ein paar Wochen auf See mit diesem mutigen, verlässlichen und verführerischen Mann, der nur das Beste im Leben verdiente, wäre der Himmel auf Erden.

»Mir fällt nichts ein, was uns aufhalten könnte«, sagte er.

»So verlockend das klingt, mein Eis verkauft sich nicht von allein.« Penny gehörte das kleine Eiscafé Luscious Licks in ihrem hübschen kleinen Heimatort Peaceful Harbor in Maryland.

»Du hast für den Sommer drei Leute eingestellt. Die müssten doch eigentlich klarkommen.«

Da hatte er vermutlich recht. Sie hatte nie feste Angestellte gebraucht, weil lange Arbeitstage ihr nichts ausmachten. Wenn es mal ganz heiß hergegangen war, hatten Quincy und Josie ihr unter die Arme gegriffen. Aber in diesem Sommer wollte sie die Abende und Wochenenden lieber mit Scott verbringen. Also hatte sie für die Eiscreme-Hauptsaison zwei Teenager und eine Zweiundzwanzigjährige mit besten Empfehlungen eingestellt, und die drei waren ein absoluter Glücksgriff gewesen. Sie wusste, dass Scott nur herumflachste, aber die Idee klang so verlockend, dass sich ein Teil von ihr wünschte, er würde es ernst meinen.

»Roni und Quincy hätten sicher Verständnis, wenn wir dafür das Abendessen morgen bei ihnen sausen lassen. Aber Sarah wäre untröstlich, wenn du am nächsten Wochenende nicht zu ihrer Hochzeit erscheinst«, sagte sie.

Für Sarah und Bones freute sich Penny von ganzem Herzen. Während Scott und Josie nach der Flucht aus ihrem Elternhaus ein besseres Leben gefunden hatten, war Sarah erneut an einen Gewalttäter geraten. Als sie und Bones sich kennengelernt hatten, hatte sie zwei kleine Kinder gehabt und war mit dem dritten schwanger gewesen. Bones hatte sich unsterblich in Sarah verliebt und ihre Kinder vom ersten Moment an ins Herz geschlossen. Er wollte ihr die Hochzeitsfeier schenken, die sie verdiente, und hatte dafür das elegante Davenport Estate, eine Dreiviertelstunde von Peaceful Harbor entfernt, gebucht.

Für Penny würde die Hochzeit bittersüß werden. Sie hatte miterlebt, wie ihre ältere Schwester Finlay und fast alle ihre Freundinnen sich verliebt hatten. Und genau wie bei ihr und Scott war das auch bei den anderen ganz schnell gegangen. Doch während ihre Freundinnen inzwischen mit ihren Liebsten zusammenlebten, sich verlobt hatten oder sogar schon verheiratet waren und Babys erwarteten, hatte sie gerade mal eine Schublade in Scotts Haus für ihre Sachen. Ständig schleppte sie ihre Kleider zwischen ihm und ihrer Wohnung über dem Eiscafé hin und her, obwohl sie jede Nacht gemeinsam verbrachten. Zu gerne wollte sie ihm gestehen, wie sehr sie ihn liebte. Doch er hatte die magischen drei Worte, die ein Paar auf die nächste Beziehungsebene katapultierten, noch nicht ausgesprochen. Um ihr Herz nicht aufs Spiel zu setzen, wollte sie ihm nicht als Erste eine Liebeserklärung machen. Aber machte sie sich da nicht etwas vor? Hatte sie ihr Herz nicht längst verloren? Doch wenn sie ihre Gefühle laut aussprach, würde sie noch viel verletzlicher sein. Dabei wurde ihr schon jetzt jedes Mal übel, wenn sie rätselte, weshalb Scott ihr nicht sagte, dass er sie liebte. Seit einiger Zeit passierte ihr das immer öfter. Dabei wusste sie im Grunde ganz genau, dass Scott sie liebte. Sie sah es in seinen Augen und spürte es in allem, was er tat. Selbst wie er jetzt gerade ihren Bauch streichelte, war ungeheuer liebevoll. Aber wenn eine Frau eine Familie wollte und ein Mann sich das nicht vorstellen konnte, war Liebe vielleicht nicht genug.

Scott stützte sich auf einen Ellbogen. »Ich freue mich schon darauf, dich in dem sexy Kleid zu sehen, das du dir für die

Hochzeit gekauft hast.« Sein Blick tastete sich über ihren Körper. »Und darauf, es dir nach der Feier auszuziehen.«

Eine wohlige Gänsehaut jagte ihr über die Arme.

Scott malte mit den Fingern kleine Kreise um ihre Nippel, verwandelte sie damit in harte kleine Spitzen, und sein Blick heizte sich auf. »Schön, dass du dich auch darauf freust.«

Gott, sie liebte, was er zu ihr sagte. »Wer? Ich?« Sie lachte leise. »Ich kann es kaum erwarten, dich in einem schicken Anzug zu sehen, wenn du Sarah zum Altar führst. Es wird rührend, die beiden ›Ja, ich will‹ sagen zu hören. Sie sind so verliebt. Freust du dich schon auf die Hochzeit?«

»Ja klar. Aber vor allem freue ich mich für Sarah. Für sie und Josie habe ich mir immer so sehr gewünscht, dass sie in Sicherheit leben und glücklich sein können. Bones und Jed werden alles für die beiden geben, das weiß ich.« Josie hatte Jed Moon im Februar geheiratet. Bei einer intimen kleinen Feier im Haus von Bones und Sarah, wo sie einander vor Jahren zum ersten Mal begegnet waren. Die Ringe hatte ihr siebenjähriger kleiner Sohn Hail ihnen gebracht.

»So lange es die Whiskeys und unsere anderen Freunde gibt, musst du dir um sie keine Sorgen mehr machen«, antwortete Penny.

»Wie wahr.« Er küsste sie sanft auf die Lippen. »Hey, ich habe eine Überraschung für dich.«

»Ich bin von der Überraschung gerade eben noch ein bisschen außer Atem. Und ich weiß nicht, ob ich jetzt schon eine weitere überstehe.«

Er lachte leise. »Die wird dir gefallen. Du kennst doch das Dessert-Festival in Echo Beach?« Echo Beach war etwa eine Stunde von Peaceful Harbor entfernt.

»Allerdings. Aber das weißt du ja.« Sie hatte ihm immer

wieder vom »Sweet 'n Savory Desserts Festival« berichtet, einer Messe, die dreimal jährlich an verschiedenen Orten stattfand. Für Aussteller war es fast unmöglich, bei diesen überaus beliebten Events einen Standplatz zu ergattern. Die Teilnehmer waren handverlesen. Penny gab sich alle Mühe, ihr Eiscafé noch bekannter zu machen, und hatte sich bereits mehrmals um einen Platz bei dem Festival bemüht. Bisher leider vergeblich. »Ich habe dir ja erzählt, dass ich mich seit drei Jahren regelmäßig bewerbe und immer nur Absagen kriege. Nicht mal an Tickets komme ich ran. Sie sind immer innerhalb von …«

»… drei Stunden ausverkauft.« Er wiederholte, was sie ihm vor ein paar Monaten gesagt hatte. »Dieses Jahr hat es nur zwei Stunden gedauert. Aber rate mal, wer sich Tickets gesichert hat?«

Penny setzte sich auf. »Nicht dein Ernst!«, sagte sie ungläubig.

Er lachte. »Oh doch, Sweets. Und gleich nach dem Duschen machen wir uns auf den Weg.«

Sie quietschte auf vor Glück, warf die Arme um ihn und küsste ihn herzhaft. »Danke!« *Ich liebe dich. Liebe dich. Liebe dich!* »Du bist einfach fantastisch. Wie hast du das bloß geschafft?«

»Vielleicht kannst du die Antwort ja in der Dusche aus mir rauskitzeln.« Er stand auf und half ihr auf die Füße. Auf dem Weg in die Kajüte zog er sie fest an sich.

Mit der frühsommerlichen Brise im Rücken, einem überquellenden Herzen und den Lippen des Mannes, den sie anbetete, an ihren, konnte sie beinahe vergessen, dass die Sterne für ihre gemeinsame Zukunft längst nicht so günstig standen, wie sie es sich wünschte.

Zwei

Echo Beach war ein charmantes Küstenstädtchen mit farbenfrohen, liebevoll hergerichteten kleinen Häusern und Cottages und schönen, weitläufigen Stränden. Im Sommer stand an der Promenade ein kleines Riesenrad, es gab eine Miniachterbahn für Kinder und ein Karussell. Scott war bislang nur einmal kurz zu einer Besprechung hier gewesen und freute sich darauf, den kleinen Ort nach dem Festivalbesuch zusammen mit Penny zu erkunden.

Das Festival war bereits in vollem Gang. Lichterketten spannten sich im Zickzack über die Reihen weißer Pavillons auf dem gut besuchten Pier. Unter den luftigen Dächern präsentierten Anbieter aus dem ganzen Land ihre Dessert-Kreationen und auf einer Bühne am Ende des Piers spielte eine Band beschwingte Melodien. In die Musik mischten sich die Geräusche des kleinen Vergnügungsparks für die Kinder. Familien tummelten sich auf den umliegenden Parkflächen, schlenderten zu den Foodtrucks und applaudierten einem jonglierenden Clown.

Penny zog Scott aufgeregt von einem Dessert-Stand zum anderen und kommentierte begeistert die vielen verschiedenen Kostproben, die man ihnen zum Naschen anbot. Pennys Unbeschwertheit und ihre Schlagfertigkeit hatten ihn von

Anfang an in ihren Bann gezogen. Und seit er sie näher kannte, wusste er, dass sie auch eine verdammt gute Geschäftsfrau war. Ständig arbeitete sie an Verbesserungen und überlegte, mit welchen Neuheiten sie ihre Kunden überraschen konnte. Den Elan, mit dem sie ihr Eiscafé betrieb, liebte er fast genauso wie ihre Begeisterungsfähigkeit und die Tatsache, wie perfekt ihre Lippen und Körper zueinander passten.

»Bei allem, was ich hier sehe, habe ich gleich tausend neue Ideen!« Gemeinsam gingen sie zum nächsten Stand. »Eiscreme mit salzigem Karamell-Popcorn zu bestreuen, wäre mir nie eingefallen. Dabei ist das eine spannende Kombination. Süß und salzig ist immer gut zusammen, aber so hat es auch noch etwas Biss. Für meine Variante würde ich vielleicht Pfirsich- oder Erdbeereis verwenden. Und anstelle von Karamell einen anderen Geschmack. Ich wünschte, ich hätte einen Notizblock dabei. Eigentlich sollte ich mir alles aufschreiben. Hier gibt es so viel zu entdecken, dass ich die Hälfte meiner neuen Einfälle vermutlich gleich wieder vergesse.«

»Kein Problem, Babe.« Scott zog sein Smartphone aus der Tasche und begann zu tippen. »Salziges Karamell-Popcorn, vielleicht zu Pfirsich- oder Erdbeereis. Noch was?«

»Die Eiscreme-Pizza! Die Teenager werden sie lieben. Und ich möchte unbedingt versuchen, Kokos-Erdbeer- und Kokos-Ananas-Eiscreme herzustellen. Oh! Schau mal! Die ›Sweetie Pie Bäckerei‹. Hmmm! Wie das schon klingt! Komm, lass uns hingehen.«

Sie war so verdammt süß, wie sie ihn in ihren abgeschnittenen Jeansshorts und so voller Tatendrang von einem Pavillon zum nächsten zog. Ihre Augen blitzten vor Freude und Lebenslust. Sie probierten Pasteten, Kuchen, Cookies, Törtchen und alle möglichen anderen Desserts. Dabei sprudelten die

Ideen nur so aus ihr heraus. Dass sie so glücklich war, schürte in ihm die Gefühle, die er anfangs nicht hatte einordnen können. Er hatte immer geglaubt, nichts würde ihn mehr freuen als die Gewissheit, dass seine Schwestern in Sicherheit und auf dem Weg in ein besseres Leben waren. Doch Penny so strahlen zu sehen, wärmte sein Herz ganz besonders. Sie zu lieben und sich um sie zu kümmern, erfüllte ihn, wie nie etwas zuvor.

Wenn er ihr doch nur geben könnte, was sie sich am meisten wünschte.

»Mund auf.« Penny hielt ihm eine Gabel voll Nussgebäck mit Cream-Cheese-Frosting unter die Nase.

Sie fütterte ihn mit dem Happen, dann nahm sie selbst einen und schnurrte dabei, als hätte sie nie im Leben etwas Leckereres probiert. Mit diesem sündigen Laut lockte sie seine Lippen zu einem langen, sinnlichen Kuss zu ihren.

Er zog sie an sich und flüsterte: »Etwas Süßeres als dich gibt es nirgendwo auf der Welt.«

Sie seufzte und schaute ihn mit dem verträumten Blick an, den er so liebte. Das hellbraune Haar floss ihr sexy über die Schultern. Sie sah immer umwerfend aus, selbst wenn sie sich das Haar mit einem Trinkhalm oder einem Bleistift zu einem Messy Bun aufsteckte. Oder mit einer der vielen bunten Klammern aus ihrer riesigen Sammlung aus dem Gesicht hielt. Aber heute war sie mit ihrer sonnengeküssten Haut und dem marineblauen ärmellosen Top, das ihre großen blauen Augen wunderbar zur Geltung brachte, noch atemberaubender als sonst. Wobei das vielleicht weniger mit der frischen Bräune und ihrem Outfit zu tun hatte, sondern vielmehr damit, dass sie inzwischen zu einem unverzichtbaren Teil seines Lebens geworden war. Oft fand er eine der kleinen Haarklammern zwischen den Polstern seiner Couch, und jedes Mal machte ihn das ganz benommen vor Glück.

Eine verdammte Haarklammer.

Er lachte.

»Was geht dir denn gerade durch den Kopf?«

Ihre Frage holte ihn zurück ins Hier und Jetzt, und er merkte, dass sie mitten zwischen den Pavillons standen und die anderen Festivalbesucher sich um sie herumschieben mussten. Dass er sich so in ihr verlor, kam häufig vor und passierte wie von selbst. Dann versank der Rest der Welt um ihn herum. Penny war die Stimme geworden, die ihn beruhigte und ins Gleichgewicht brachte. Dabei hatte er nicht einmal geahnt, dass er so etwas brauchte. Eigentlich erstaunlich, denn vor der Zeit mit ihr hatte er nie eine Nacht durchgeschlafen. Zu Anfang ihrer Beziehung hatte er nicht bei ihr übernachtet, weil er so furchtbar unruhig schlief. Doch eines Abends hatte sie ihm gestanden, wie sehr sie ihn vermisste, wenn er nach den gemeinsamen Stunden nach Hause ging. Sie hatte ihm erklärt, dass es sich anfühlte, als wäre es für ihn nicht so etwas Besonderes wie für sie, wenn sie sich liebten. Sie war immer schonungslos ehrlich, und er bewunderte sie dafür. An diesem Abend hatte er ihr anvertraut, dass er wegen der Misshandlungen in seiner Kindheit und Jugend selbst im Schlaf stets in Alarmbereitschaft war. Er wollte ihr damit nicht den Schlaf rauben. In Wahrheit hatte er allerdings sogar noch schlechter geschlafen, wenn er nach einem Abend mit ihr allein in seinem Bett lag. Dann wälzte er sich rastlos hin und her und sorgte sich um Penny, weil sie in ihrer Wohnung allein war.

Nie würde er vergessen, welch tiefe Gefühle er in ihren Augen gesehen und in ihrer Stimme gehört hatte, als sie erklärt hatte, sie würde lieber eine Stunde die Nacht in seinen Armen schlafen als sieben oder acht ohne ihn. Den sehnlichen Wunsch nach gemeinsamen Nächten hatte er ihr danach nicht länger abschlagen wollen, und auch nicht sich selbst. An so viel Nähe hatte er sich erst gewöhnen müssen, aber Penny hatte sich kein einziges Mal beklagt, wenn er sie mit seiner Unruhe aus dem Schlaf gerissen hatte. Bald hatten sie gemerkt, dass er in seinem Haus besser schlief als in ihrer Wohnung. Er hatte gerne die Kontrolle über seine Umgebung und schrieb das den Erfahrungen mit seinem unberechenbaren Vater zu, dessen Jähzorn jeden Moment hochkochen und aus dem Ruder laufen konnte. Auch mitten in der Nacht.

Die Geräusche in seinem eigenen Haus waren Scott vertraut. Jedes Knirschen und Knacken, das Pfeifen des Windes und sogar der Klang der Stille. Penny hatte nichts dagegen, bei ihm zu übernachten, und mit jeder Nacht, die sie gemeinsam verbrachten, schlief er ein wenig ruhiger. Und noch etwas war ihm bald klar geworden. Solange Penny in seinen Armen schlief, wusste er, dass sie sicher war. Und das gab ihm mehr innere Ruhe. Inzwischen schlief er mit ihr in seinem Bett tief und fest.

Er schaute in ihre schönen Augen. »Ich denke an dich, Sweets. Immer nur an dich.«

Er drückte die Lippen auf ihre, dann verbrachten sie die nächsten Stunden damit, sich mit den Dessertkünstlern zu unterhalten und neue Ideen für Pennys Eiscafé zu notieren. Dabei hatten sie unendlich viel Spaß. Später am Nachmittag teilten sie sich einen Burger von einem Foodtruck in dem kleinen Vergnügungspark.

»Der Tag heute bringt so viele schöne Erinnerungen zurück.« Penny zeigte auf die Kinderachterbahn. »Meine Eltern sind jedes Jahr mit uns zum Sommerfest nach Peaceful Harbor gefahren. Der absolute Höhepunkt war immer eine Runde mit dem Riesenrad.«

Scott zog sie näher zu sich und küsste sie oben auf den Kopf. Von ihrer idyllischen Kindheit hatte sie ihm schon ab und zu erzählt. Ihr Vater hatte mit ihr und Finlay all ihre großen und kleinen Erfolge gefeiert und sie dann mit hübsch verpackten Kleinigkeiten mit rosa Schleifen überrascht. Ihre Mutter hatte ihre Interessen unterstützt, Finlay das Kochen und Penny die Herstellung von Eiscreme und anderen Naschereien beigebracht.

»Ich bin noch nie mit einem Riesenrad gefahren. Höchste Zeit, dass sich das ändert. Komm.«

Ihre Augen strahlten, doch beim nächsten Atemzug trat Trauer in ihren Blick. »Ich weiß, du hattest eine schlimme Kindheit. Aber hat es nicht auch mal bessere Zeiten gegeben? Vielleicht als du noch klein warst? Mit vier oder fünf?«

»Nein, leider nicht.« Er nahm sie an der Hand und ging mit ihr zum Riesenrad.

Ihr von seinen grauenhaften Kindheitserlebnissen zu erzählen, war ihm nicht leichtgefallen. Sie hatte um ihn und seine Schwestern geweint und damit sein Herz noch einmal gebrochen. Doch ihm war wichtig, dass sie wusste, mit wem sie sich einließ. Sie war mit Zuckerwatte und Kaugummi aufgewachsen, er mit Gürteln und Blutergüssen. Dass er weder nach einer Ehefrau suchte, noch eine eigene Familie gründen wollte, hatte er ihr nie verheimlicht. Seine Neffen und Nichten liebte er über alles und er hatte noch nie einer Frau oder einem Kind auch nur ein Härchen gekrümmt. Und auch keinem Mann, der niemandem etwas zuleide getan oder ihn nicht bedroht hatte. Doch er hatte große Angst, die Verhaltensmuster seiner gewalttätigen Eltern könnten irgendwo tief in ihm schlummern und fest in seine Gene gebrannt sein. Eine solche tickende Zeitbombe wollte er keiner Frau zumuten.

Das Problem war nur, dass er nicht damit gerechnet hatte, sich in Penny zu verlieben.

»Du weißt, dass man sich beim Riesenradfahren am höchsten Punkt küssen muss«, sagte sie, als sie sich in der Warteschlange anstellten.

Er legte die Arme um sie. »Ist das Vorschrift?«

»Es ist eine Legende über einen Fluch. Wenn ein Paar zusammen Riesenrad fährt, wird es sich bald trennen. Es sei denn, die beiden küssen sich an der höchsten Stelle. Dann ist der Fluch gebrochen und sie bleiben für immer zusammen.«

»Für immer? Ach ja?«

Jeden Tag sagte er sich, es sei egoistisch, mit Penny zusammen zu bleiben, wenn er ihr nicht die Familie geben konnte, die sie so gerne wollte und die sie verdiente. Er sagte sich, er müsse die Beziehung mit ihr beenden. Aber das brachte er nicht fertig. Er liebte sie mit jeder Faser seines Herzens und wünschte sich, er könnte die Vergangenheit abschütteln und zuversichtlich in die Zukunft schauen. Vielleicht so wie sein Freund Quincy, nachdem er seine Suchtprobleme überwunden hatte.

Oder wie Sarah.

Wenn er an die Schwester dachte, die ebenso brutal misshandelt worden war wie er, zog sich seine Brust zusammen. Kurz nachdem er aus seinem Elternhaus weg war, hatte auch sie fliehen können, war aber prompt wieder einem brutalen Schläger in die Hände gefallen. Zum Glück war sie ihm letztlich entkommen und heiratete jetzt einen guten Mann, der sie und ihre Kinder geradezu vergötterte. Weshalb ihre Eltern sich nie an Josie vergriffen hatten, war ihm nach wie vor ein Rätsel. Doch er dankte den hohen Mächten, dass wenigstens die Jüngste den Grausamkeiten entkommen war. Unversehrt war sie dennoch nicht geblieben. Sie schleppte schwere Schuldgefühle mit sich herum, weil sie nicht gequält worden war wie ihre Geschwister. Ein lieber, großherziger junger Mann hatte sie schon als Dreizehnjährige von ihren Eltern weggeholt und war Jahre später ihr fürsorglicher Ehemann geworden. Wegen eines nicht diagnostizierten Herzfehlers war er ihr viel zu früh genommen worden. Ein schwerer Schicksalsschlag. Doch inzwischen war sie wieder glücklich und lebte sicher und behütet an der Seite ihres wunderbaren zweiten Ehemanns.

»Ja, genau.« In Pennys Stimme schwang ein herausfordernder Unterton mit. Sie beugte sich vor und küsste ihn mitten auf die Brust. »*Für immer.*«

Sie forderte ihn hin und wieder heraus, eine weitere ihrer Eigenschaften, die er toll fand. Nur das Thema Kinder sprach sie nie an. Sie tat, als würde es ihr nichts ausmachen, keinen Ring am Finger zu tragen und keine Pläne für eine eigene Familie zu schmieden. Doch er kannte sie inzwischen recht gut. Er hatte sie mit ihrer Nichte Tallulah und mit seinen Nichten und Neffen erlebt, auf die sie oft gemeinsam aufpassten. Penny hatte einen guten Draht zu Kindern und würde eines Tages eine wunderbare Mutter sein. Deshalb machte ihn sein Plan, sie auf dem Riesenrad ununterbrochen zu küssen, um so viel *für immer* wie nur möglich abzukriegen, vermutlich zu einem egoistischen Mistkerl.

Doch es gab schlimmere Sünden, als jemanden zu sehr zu lieben.

Das Küstenstädtchen Echo Beach war noch hübscher, als Scott

es in Erinnerung hatte. Kleine Geschäfte mit bunt gestrichenen Backsteinfassaden säumten die schmalen Straßen, die mit altmodischen Straßenlaternen und vor bunten Blüten geradezu überquellenden Blumenkästen geschmückt waren. Das Blumenthema zog sich durch, selbst die Straßen waren nach Blumen benannt. Es gab einen Peony Way, einen Daffodil Drive und eine Black-Eyed Susan Lane. An beiden Enden des schmucken Zentrums lagen mit den Bluebell Gardens und dem Primrose Park zwei einladende Grünanlagen.

Scott und Penny streiften durch die Geschäfte, entdeckten eine süße Rassel in Form einer Meerjungfrau für Tallulah und besorgten kleine Geschenke für Scotts Nichten und Neffen. Für Hail kauften sie eine Zugpfeife und für den fünfjährigen Bradley ein Spielzeugmotorrad, denn er wollte Miniaturausführungen von allem haben, was auch sein Daddy hatte. Für die zweieinhalbjährige Lila suchten sie ein Kinderxylophon aus und für die kleine Maggie Rose mit ihren fünfzehn Monaten ein Stoffkätzchen.

Stundenlang streiften sie umher. Auf dem Weg aus einem Geschäft, in dem es von ausgefallenen Kleidern bis zu originellen Dekoartikeln alles Mögliche gab, fiel Scott ein ovales Schild mit einem grünen Schriftzug ins Auge. *Life is better with Sweets*, stand darauf geschrieben. Umrahmt war der Spruch von kleinen Eiscremewaffeln, an denen seitlich ein bisschen Eiscreme heruntertropfte.

»Augenblick mal, Sweets.« Er nahm das Schild aus dem Regal. »Das hier brauchen wir dringend noch.«

Sie lachte.

Er legte seinen Arm um sie und zog sie an seine Seite. »Hast du gerade über meinen Schildergeschmack gelacht?«, fragte er mit gespielter Empörung.

»Jap. Aber nur weil ich ihn so liebe.«

Nicht mal halb so sehr wie ich dich. Sich die drei magischen Worte so krampfhaft zu verkneifen, tat ihm weh. Aber sie laut auszusprechen, wäre nicht fair gewesen. Denn sie trugen ein unerfüllbares Versprechen in sich. Stattdessen küsste er Penny innig und legte all seine Gefühle in diesen Moment.

Sie kauften das Schild und schlenderten weiter die Straße entlang zum Restaurant Blue Fin, wo Scott heimlich einen Tisch reserviert hatte. Auf Penny wartete hier noch eine weitere Überraschung. Die hatte er für sich behalten, weil sie sonst sicher den ganzen Tag lang als angespanntes Nervenbündel durch die Stadt gestelzt wäre. Doch sie sollte den Trip nach Echo Beach in vollen Zügen genießen.

»Das sieht richtig gut aus.« Penny zeigte auf den Eingang des Restaurants. »Auf dem Festival habe ich zufällig gehört, wie sich zwei Leute über das Blue Fin unterhalten haben. Aber ich glaube, hier muss man lange im Voraus reservieren.«

»Zum Glück hast du einen vorausschauenden Freund.« Er hatte online nach einem nicht zu förmlichen, aber guten Restaurant mit herausragendem Essen und Service gesucht. Dabei war er auf die großartigen Bewertungen für das Blue Fin gestoßen. Er hielt Penny die Tür auf und machte eine einladende Geste. »Treten Sie ein, schöne Frau.«

Hand in Hand folgten sie der Empfangsdame durch das Restaurant auf die hintere Terrasse mit einem wunderbaren Blick aufs Wasser.

»Ist das Wirklichkeit oder träume ich? Du hast Tickets für das Festival ergattert und dann auch noch hier einen Tisch reserviert? Du denkst einfach an alles«, flüsterte Penny.

»Weil du mein Ein und Alles bist«, flüsterte er zurück.

Er entdeckte Alyssa Braden, eine hochgewachsene Brünette

mit hübschen Grübchen. Die Veranstalterin des Sweet 'n Savory Dessert Festivals winkte ihnen von einem Tisch am Ende der Terrasse aus zu. Das Treffen mit ihr war seine große Überraschung für Penny.

»Eine Verflossene?«, scherzte Penny.

»Nicht, dass ich wüsste«, lachte Scott.

Penny wusste, dass sie diese Art unangenehmen Zufall eher nicht fürchten musste. Schon zu Anfang ihrer Beziehung hatte Scott ihr gesagt, dass er sich, seit er aus seinem Heimatort in Florida weg war, nur selten mit Frauen getroffen hatte. So war er Fragen nach seiner Vergangenheit aus dem Weg gegangen, und zudem hatte er seine Zeit lieber genutzt, um nach seinen Schwestern zu suchen. Zehn Jahre hatte es gedauert, bis er und Sarah sich wiedergefunden hatten und nach Peaceful Harbor gezogen waren. Ausgerechnet auf dem Heimweg von einem Essen zur Feier ihres Wiedersehens hatten sie einen schweren Unfall gehabt. Bullet Whiskey hatte sie aus dem Autowrack gezogen. So hatten sie ihn und dann bald auch seine Familie kennengelernt. Sarah war damals schwanger gewesen und hatte zum Glück nur ein paar Kratzer und blaue Flecken abbekommen. Lila war mit einer leichten Kopfverletzung, Platzwunden und Blutergüssen ins Krankenhaus gebracht worden, während Bradley zum Glück nur ein paar Abschürfungen gehabt hatte. Am schlimmsten hatte es Scott erwischt. Eines seiner Beine war bei dem Unfall gebrochen, der Oberschenkelknochen des anderen zertrümmert worden und seine Lunge kollabiert. Im Krankenhaus war noch eine Embolie hinzugekommen und er hatte auf der Intensivstation gelegen. Bis er wieder richtig fit gewesen war, war viel Zeit vergangen. Eine Metallplatte und einige Nägel würden für immer in seinem Bein bleiben und er hinkte kaum merklich. Lange hatte er sich vor allem darauf konzentriert, wieder zu Kräften zu kommen, hatte Physiotherapie gemacht und sich um Sarah und ihre Kinder gekümmert. Zu der Zeit, als er Penny kennengelernt hatte, hatten seine Schwester und die Kleinen bei ihm gewohnt. Und wie so viele andere hatte auch er geglaubt, aus Quincy und Penny würde ein Paar werden. Deshalb hatte er sich zurückgehalten. Kurz nachdem Sarah und die Kinder bei Bones eingezogen waren, hatte er Josie wiedergefunden und sie und den kleinen Hail bei sich aufgenommen.

Penny war ihm nicht aus dem Kopf gegangen und unterschwellig hatte er sich mehr mit ihr gewünscht. Hin und wieder hatte er sich zwar mit anderen Frauen getroffen, war aber nie auf eine Beziehung aus gewesen. Er hatte geglaubt, dafür wäre er nicht der Typ. Inzwischen wusste er, dass er sich etwas vorgemacht hatte. Er und Penny waren einander während der ganzen Zeit immer wieder begegnet, weil sie nun mal denselben Freundeskreis hatten. Im Lauf der Monate waren seine Gefühle für sie immer intensiver geworden, und bald hatte er keine Lust mehr verspürt, eine andere Frau auch nur anzusehen.

»Sag mal, Scotty? Warum bringt die Empfangsdame uns zu der Frau?«, flüsterte Penny.

»Weil wir mit ihr verabredet sind.«

Sie riss die Augen auf. »Wie bitte? Warum?«

»Bitte sehr.« Die Empfangsdame blieb stehen und deutete auf Alyssas Tisch. »Der Kellner ist gleich bei Ihnen.«

»Danke«, sagte Scott und Alyssa stand auf.

Bevor er irgendetwas erklären konnte, sagte Alyssa: »Es freut mich, Sie wiederzusehen, Mr. Beckley.« Sie streckte Penny die Hand hin. »Sie müssen Penny sein. Ich bin Alyssa Braden, die Veranstalterin des Sweet 'n Savory Dessert Festivals. Ihr äußerst hartnäckiger und sehr cleverer Freund schwärmt mir schon seit

Wochen von Ihnen vor.«

»Alyssa …« Ungläubig schüttelte Penny der Frau die Hand.

»Ja, Alyssa Braden.«

»Ich weiß, wer Sie sind. Tut mir leid, ich bin bloß gerade ein bisschen perplex.« Pennys umwerfendes Lächeln blitzte auf. »Ich freue mich sehr, Sie kennenzulernen. Ihre Eltern haben das Festival ins Leben gerufen, nicht wahr?«

»Ja. Vor sechzehn Jahren. Und Sie haben offenbar Ihre Hausaufgaben gemacht«, antwortete Alyssa.

»Stimmt. Ich versuche seit Jahren, einen Standplatz zu ergattern. Aber jetzt verstehe ich gar nichts mehr.« Penny schaute ihren Freund fragend an. »Scott hat sich mit Ihnen in Verbindung gesetzt?«

»Ja, genau. Wollen wir uns setzen? Dann erzähle ich dir alles.« Scott rückte einen Stuhl für sie zurecht und sie ließen sich am Tisch nieder. »Manche Geschäfte sehen auf dem Papier großartig aus. Aber du *bist* dein Geschäft, Pen. Und Alyssa war so freundlich, uns eine Stunde zu geben, damit sie sich ein Bild davon machen kann, ob Luscious Licks auf ihr Festival passt.«

Pennys Wangen röteten sich. »Scotty!«, japste sie.

Alyssa lachte. »Kein Grund zur Verlegenheit. Sie haben einen sehr überzeugenden Unterstützer.«

»Oh ja.« Penny tastete unter dem Tisch nach Scotts Hand und drückte sie.

»Scott hat nicht einfach nur Kontakt zu mir aufgenommen, Penny. Er hat zwei Wochen lang jeden Tag in meinem Büro angerufen und mir täglich E-Mails voller Lobgesänge auf Sie geschickt. Selbstverständlich mit ausführlichen Beschreibungen Ihrer ganz besonderen Eiskreationen für jede Stimmungslage. Nebst allem anderen, was Sie in Ihrem Eiscafé anbieten. Auch Kommentare und Bewertungen Ihrer Gäste und von Geschäftsleuten aus Peaceful Harbor hat er mir zukommen lassen. Und als ich nicht gleich geantwortet habe, hat er alles ausgedruckt und mir per Expresspost zugeschickt.«

»Oh mein Gott. Ich muss mich wohl entschuldigen.« Penny musterte Scott erschrocken.

»Nicht nötig. Es ist etwas ganz Besonderes, wenn jemand so fest an einen glaubt. Ich freue mich, heute etwas über die Frau hinter Luscious Licks zu erfahren. Zeigen Sie mir einfach, was dran ist an dem Hype.«

Penny atmete tief durch. Die Ungläubigkeit in ihrem Blick wich Dankbarkeit. Sie setzte sich ein wenig aufrechter hin und hob das Kinn. »Ich kann Ihnen versichern, der Hype hat gute Gründe.«

Scott lächelte stolz. Das war die Penny, die er kannte und liebte.

Dann legte sie los und beschrieb lebhaft, wie sie schon als Kind gelernt hatte, Eiscreme herzustellen. Anfangs nur für ihre Freundinnen und Klassenkameradinnen. »Als ich zehn war, haben meine Eltern die Standgebühr bei einer kleinen Parade in unserem Ort für mich bezahlt. Damals habe ich angefangen, besondere Geschmacksrichtungen und besondere Eisbecher je nach Stimmungslage meiner Kunden zu kreieren.«

Scott kannte die Geschichte bereits, war aber dennoch genauso fasziniert, wie Alyssa es offenbar war. Im Lauf des Abendessens erzählte Penny, wie sie vor knapp vier Jahren ihr Eiscafé eröffnet hatte. Kurz zuvor war ihr Vater gestorben und ihre Mutter hatte ihr und ihrer Schwester das Geld aus der Lebensversicherung überlassen, damit sie sich selbstständig machen konnten.

Später auf dem Weg aus dem Restaurant sagte Alyssa: »Ich finde es wirklich beeindruckend, wie sehr Sie auf Ihre Kunden eingehen, Penny. Mir gefällt Ihre Leidenschaft für das, was Sie tun, und ich bin sehr froh, dass Scott nicht lockergelassen hat. Leute wie Sie wollen wir auf unserem Festival unbedingt haben. Freuen Sie sich. Im nächsten Jahr sind Sie dabei.«

Penny schnappte nach Luft, ihre Hand flog an ihr Herz. »Wirklich? Wow! Ich weiß gar nicht, was ich sagen soll. Danke! Vielen, vielen Dank!«

Sie strahlte Scott an, und er wünschte sich, er könnte sie schnappen, herumwirbeln und der ganzen Welt zurufen, wie stolz er auf sie war. »Gratuliere, meine Süße.«

»Aber eins würde mich noch interessieren«, sagte Alyssa ernst. »Scott hat sich mit mir in Verbindung gesetzt, nachdem er mit Ace und Maisy von der Mikrobrauerei Mr. B's in Peaceful Harbor gesprochen hatte. Die beiden sind mit mir verwandt. Ich habe mich ein bisschen umgehört. Offenbar kennen Sie einige meiner Cousins und Cousinen in Peaceful Harbor und in Pleasant Hill. Jillian hat mir verraten, dass sie sich nach schiefgelaufenen Dates von Ihnen mit ganz besonderen Eisbechern trösten lässt. Tempest sagt, sie geht oft mit dem kleinen Philip in Ihr Eiscafé und Sie lassen sich jedes Mal etwas Neues für ihn einfallen. Über das Festival sind Sie bestens informiert, und ganz sicher wissen Sie auch, dass ich eng mit einigen Ihrer Freunde verwandt bin. Weshalb haben Sie diese Beziehungen nie genutzt?«

»Weil ich fand, das wäre nicht fair«, antwortete Penny. »Ich wollte für das Festival angenommen werden, weil ich tolles Eis mache, nicht weil ich bestimmte Leute kenne.«

»Und wir legen größten Wert auf Top-Qualität. Trotzdem sollten Sie Ihre Verbindungen nutzen, Penny. In unserer schnelllebigen Welt ist es schwer, aus der Menge herauszustechen. Je mehr Freunde und Verbündete wir haben, desto besser.« Alyssa drehte sich zu Scott. »Sie hatten recht, Scott. Kein noch so stylisches Bewerbungsschreiben wäre Penny gerecht geworden. Vielen Dank, dass Sie mich auf sie aufmerksam gemacht haben.«

Sie unterhielten sich noch ein paar Minuten, dann verabschiedeten sie sich. Als Alyssa wegfuhr, warf sich Penny mit einem kleinen Quietschen in Scotts Arme. »Danke! Ich liebe d…, dass du das für mich getan hast! Vielen, vielen Dank!«

Seine Brust zog sich zusammen, aber er wirbelte sie herum. In letzter Zeit war sie ein paarmal über die magischen drei Worte gestolpert. Er drückte die Lippen auf ihre und wusste, dass es naiv war zu glauben, mit Küssen auf einem Riesenrad könnte er diese außergewöhnliche Frau, die vor Liebe fast überquoll, für immer halten.

Drei

»Weißt du, dass das ein Zaubereis ist?« Es war Mittwochvormittag und Penny reichte einem flachsblonden kleinen Jungen eine Kugel von ihrer speziellen Regenbogenmischung in einer schokoglasierten kleinen Lebkuchenwaffel in Kindergröße, die Josie jede Woche frisch für sie herstellte. Penny überraschte ihre jüngsten Kunden gerne mit einem kleinen Extra. Nach einem kurzen Blickwechsel mit der Mutter des Jungen und ihrem zustimmenden Nicken hatte sie Schokoladenstückchen und ein paar feine Goldflocken ganz unten in der Waffel versteckt.

Er schüttelte den Kopf und leckte an der kalten Köstlichkeit.

Penny ging vor ihm in die Hocke. »Falls du unten in deiner Waffel Schokolade oder Gold findest, hast du den ganzen Monat lang richtig viel Glück. Und falls beides drin ist, bleibt das Glück für immer.«

Der Kleine riss die Augen auf. »Ich hoffe, ich finde was!«

»Das hoffe ich auch.« Penny, die Mutter und Finlay lächelten einander an. Finlay war ins Eiscafé gekommen, um Penny das niedliche rosa Rüschenkleid zu zeigen, das sie für ihre vier Monate alte Tochter Tallulah gekauft hatte. Darin würde das Baby bei Bones und Sarahs Hochzeit aussehen wie eine kleine

Prinzessin.

Penny gab der Mutter des kleinen Jungen ihr Wechselgeld. »Schönen Tag noch.« Nachdem die beiden gegangen waren, wischte sie die Theke ab und schaute zu, wie sich Finlay über den Kinderwagen beugte und leise mit Tallulah sprach.

»Vielen Dank noch mal für die hübsche Rassel, Pen. Lulu ist hin und weg davon.« Finlay schüttelte die Meerjungfrauenrassel, die Penny und Scott in Echo Beach für die Kleine gekauft hatten.

Normalerweise sorgte die Arbeit im Eiscafé oder ein Plausch mit ihrer Schwester zuverlässig für gute Laune. Doch das gemeinsame Abendessen mit Scott, Quincy und Roni war nun drei Tage her, und sie wurde das fiese neidgelbe Ungeheuer nicht mehr los, das seither auf ihrer Schulter hockte. Dass sie Neid empfand, wo Scott doch ein so wundervoller Freund war, ärgerte sie. Aber wenn er nicht einmal sagen konnte, dass er sie liebte, was hatten sie denn dann?

»Das freut mich.« Penny legte den Lappen beiseite und versuchte, die Grübeleien wegzuschieben. Sie setzte sich zu ihrer Schwester und der Kleinen an den Tisch und rief sich in Erinnerung, wie fantastisch das Wochenende gewesen war. Erst vor ein paar Minuten hatte sie Finlay von dem vorgeschwärmt, was Scott für sie getan hatte. Auch Quincy und Roni hatte sie am Sonntag begeistert davon berichtet. Und alle waren genauso beeindruckt gewesen wie sie. »Ich kann immer noch nicht fassen, dass Scott für mich Kontakt zu Alyssa aufgenommen hat. Normalerweise ist er sehr zurückhaltend. Er bittet nur sehr ungern um Hilfe, und um einen Gefallen so gut wie nie.«

»Aber er liebt dich, Pen. Und Verliebte tun die verrücktesten Sachen, wie wir wissen. Sonst hätte mein lieber Gemahl nicht die süße Kennedy den Namen für unsere Kleine aussuchen lassen. Nicht dass mir das was ausmachen würde. Lulu hat den schönsten Namen der Welt.« Finlay war mit Bullet Whiskey verheiratet.

»Von Kennedy lässt sich Bullet auch Schleifchen ins Haar binden«, sagte Penny lachend. Kennedy war Quincys aufgeweckte fünfjährige Nichte.

Sie und ihr dreijähriger Bruder Lincoln waren eigentlich Quincys deutlich jüngere Geschwister. Ihre drogenabhängige Mutter war vor einigen Jahren an einer Überdosis gestorben, und Quincys älterer Bruder Truman zog Kennedy und Lincoln zusammen mit seiner Frau Gemma groß wie eigene Kinder.

»Weißt du noch, an Halloween vor zwei Jahren? Ein ganzer Trupp erwachsener Kerle hat sich in Cheerleaderinnen-Kostüme gezwängt, weil sich Kennedy unbedingt als Footballspieler verkleiden wollte und sich Cheerleaderinnen gewünscht hat. Haarige Beine noch und nöcher!« Finlay prustete so laut los, dass Tallulah erschrak und weinerlich das Gesicht verzog. »Oh, sorry, mein armes Babygirl. Komm zu Mama.«

»Kann ich sie bitte mal nehmen?« Penny schob Finlay beiseite und hob Tallulah aus dem Wagen. Die Kleine war einfach bezaubernd. Sie hatte Bullets dichtes dunkles Haar und Finlays blaue Augen.

Penny drückte die Nase an Lulus Wange und atmete den süßen, pudrigen Babyduft ein. Dann setzte sie sich mit der Kleinen zu Finlay an den Tisch. »Der Samstag war der romantischste Tag meines Lebens. Und nicht bloß, weil Scott sich so unglaublich ins Zeug gelegt hat, das Treffen mit Alyssa Braden zu organisieren. Auch alles andere war wunderschön.«

Finlay stützte die Ellbogen auf den Tisch. Ihr blondes Haar umrahmte ihr hübsches Gesicht. »Das sagst du nach jedem Wochenende.«

»Ich weiß. Und es ist wahr. Ich bin so wahnsinnig gerne mit Scott zusammen. Ganz gleich, ob wir auf dem Boot sind, gemeinsam kochen oder nur irgendwo sitzen und Händchen halten.« Sie kitzelte Tallulah am Bauch und die strahlend blauen Babyaugen leuchteten. »Ich liebe seine Stimme und sein Lachen.« Sie wackelte mit dem Fuß der Kleinen und erntete dafür ein süßes Lächeln. »Ich liebe die Tatsache, dass er sich Zeit für seine Nichten und Neffen nimmt. So wie ich mir für unsere kleine Lulu. Heute geht er mit Lila zum Vorlesenachmittag in die Buchhandlung, und ich weiß, er wird die süße Maus mit Adleraugen bewachen. Auch das liebe ich an ihm. Er will alle Kinder, seine Schwestern und mich immer unbedingt beschützen. Vielleicht ist sein Beschützerinstinkt nicht ganz so überentwickelt wie der deines Göttergatten, wenn es um seine Lulu geht. Aber trotzdem.« Bullet war ein tougher Biker und früher bei einer militärischen Spezialeinheit gewesen. Einen Vater, der noch schützender über sein Kind wachte als er, konnte sich Penny überhaupt nicht vorstellen. Am liebsten hätte er sein Baby vierundzwanzig Stunden am Tag durch die Gegend getragen. Aber irgendwann musste er schließlich auch arbeiten.

»Unsere arme Lu wird niemals ein Date haben dürfen. Wenn sie ein Teenager ist, werden Red und ich wohl einschreiten müssen. Wir haben uns schon abgesprochen.« Red Whiskey war Finlays Schwiegermutter.

»Viel Glück. Informiert euch schon mal, wie man einen Keuschheitsgürtel aufschweißt. Sicher wird Bullet ihr von Scotty einen verpassen lassen. Stimmts, Lulu?« Penny wackelte noch einmal mit dem Fuß des Babys. »Dein Daddy wird eine totale Spaßbremse sein.«

Finlay lachte und aß ein paar Löffel von ihrem Eis. »Wie war das Abendessen mit Quincy und Roni?«, fragte sie schließlich.

»So schön und lustig wie immer. Wir haben gegrillt und später noch am Feuer gesessen und geredet. Die beiden unterstützen einander sehr. Du glaubst gar nicht, wie Quincy von Ronis geplantem Auftritt geschwärmt hat.« Roni unterrichtete in einem Tanzstudio in der Stadt. Zudem hatte sie inzwischen eine kleine Produktionsfirma für Solo-Tanz-Performances. Ihr erster Auftritt mit einer eigenen Produktion sollte noch diesen Sommer stattfinden. »Ich freue mich so für die beiden. Und gleichzeitig bin ich neidisch.«

Finlay legte die Stirn in Falten. »Neidisch? Worauf denn?«

»Auf ihren Fünfjahresplan zum Beispiel.«

»Oh«, sagte Finlay wissend. »Ich nehme an, Liebeserklärungen und Zusammenziehen sind noch immer kein Thema bei Scott und dir?«

»Hätte ich dich sonst nicht sofort angerufen und dir alles brühwarm erzählt?«

Die Tür ging auf, und als hätte er auf sein Stichwort gewartet, kam Scott hereinspaziert. Er trug die kleine Lila auf dem Arm, und wie jedes Mal, wenn Penny ihn sah, beschleunigte sich ihr Puls. Tallulah zärtlich an sich gedrückt stand sie auf. »Hi. Vor der Vorlesestunde habe ich gar nicht mit euch gerechnet.«

»Ich kann doch nicht in die Stadt fahren, ohne mir was Süßes zu holen.« Scott beugte sich zu einem Kuss nach vorn. »Mit meinem Lieblingsgeschmack.«

»Ihr beide seid einfach köstlich«, seufzte Finlay.

Scott zwinkerte Penny zu und prompt stob in ihrem Magen ein ganzer Schwarm Schmetterlinge auf. »Das liegt an ihr.«

»Lulu!« Lila streckte die Hände nach dem Baby aus und schürzte die kleinen Lippen. Penny hielt ihr ihre kleine Cousine hin, damit sie sie küssen konnte. »Dich auch!«

»Aber ich will einen Lila-Super-Spezialkuss!« Penny beugte sich zu ihr und bekam einen Schmatz. »Jetzt Eis?«, fragte Lila.

»Aber klar doch.« Scott stellte Lila auf den Boden und nahm Penny Tallulah aus den Armen. Dabei stahl er sich einen weiteren Kuss. Er vergrub die Nase am Hals des Babys. »Wie geht's denn unserer Hübschen?« Damit setzte er sich zu Finlay an den Tisch.

Penny nahm Lila an der Hand. »Komm, wir suchen dir was Leckeres aus.« *Bevor mir die Hormone zu den Ohren rauskommen.*

Während sie mit Lila in die Eistheke schaute, hörte sie Finlay sagen: »Wie ich höre, hast du dir letztes Wochenende den Titel *Freund des Jahres* gesichert.«

Scott lachte. »Ich habe bloß einen Termin vereinbart. Alles andere hat Penny gemacht.« Er schaute zu, wie sie eine Eiscremekugel auf eine Waffel setzte. »Dass ihrem Charme keiner widerstehen kann, war mir klar.«

Wie konnte sie auf eine andere Beziehung neidisch sein, wo sie doch den perfekten Kerl hatte?

Diese Frage ging Penny noch ein paarmal durch den Kopf, während sie mit Finlay plauderten und Lila sich ihr Eis schmecken ließ. Scott wischte der Kleinen das Kinn und die Wangen ab und brachte sie zum Lachen. Zwischendurch fand er noch Zeit für Küsse und sexy Blicke für Penny.

Als das Eis gegessen war, brachte Penny die beiden zur Tür und Scott sagte: »Wie wär's mit einem Strandspaziergang heute Abend?«

»Klingt wunderbar.«

Er drückte die Lippen auf ihre und nahm Lilas Hand. Lila schickte Schmatzeküsse durch die Luft zu Penny.

Penny ging in die Hocke und küsste die Kleine. »Viel Spaß bei der Vorlesestunde.«

Lila nickte. »Mit Onkel Kinsy.«

»Ja, stimmt, Baby. Dort treffen wir Onkel Quincy.« Scott wuschelte der Kleinen durchs Haar und warf Penny einen liebevollen Blick zu. »Sollen wir uns nach Ladenschluss hier treffen?«

»Ja, gerne.« Nachdem die beiden aus der Tür waren, hängte Penny ein Schild auf: *Die Elfen machen gerade frisches Eis. In dreißig Minuten geht's weiter.*

»Du machst dem Laden zu?« Finlay fing an, Tallulah zu stillen.

Penny stapfte hinter die Theke und schaufelte verschiedene Eiscremesorten in einen großen Becher. »Ich mache mir ein Dumme-Pute-Spezial.« Sie streute M&Ms, Schokoflocken, Knusperflakes und Gummibärchen auf die Eiskugeln, gab Erdbeeren und reichlich Sahne dazu. Dann ließ sie sich auf den Stuhl gegenüber von Finlay fallen. »Hast du gesehen, wie lieb er mit Lulu und Lila umgeht? Wie er mich vergöttert?« Sie seufzte tief. »Im Augenblick find ich mich selbst wirklich richtig doof.«

»Aber warum denn?«

Penny verschlang einen großen Löffel Eiscreme. »Aus vielerlei Gründen.«

»Möchtest du mir einen oder zwei davon verraten?«

»Okay, erstens: Wir sind jetzt seit sieben Monaten zusammen. Das fühlt sich schon ziemlich lange an, weil wir so tief drinstecken. Aber es sind ja tatsächlich nur sieben Monate, Fin, nicht Jahre. Und er hat so viel durchgemacht. Ich will ihn nicht unter Druck setzen und finde es schrecklich, dass ich unsere Beziehung mit anderen vergleiche. Aber es nicht zu tun, fällt mir schwer, weil alle unsere Freunde in Lichtgeschwindigkeit zusammengezogen sind, sich verlobt oder sogar geheiratet haben. Bullet hat dir schon nach einem Monat einen Antrag gemacht.«

»Nach fünfunddreißig Tagen.«

»Als ob es auf die fünf Tage ankommt! Jace hat … wie lange gebraucht, bis er um Dixies Hand angehalten hat? Zwei Wochen? Sogar Quincy und Roni sind ziemlich flott zusammengezogen. Wenn die ganz große Liebe kommt, kommt sie rasend schnell. So war es bei uns auch. Aber wenn zwei Menschen bis über beide Ohren verliebt sind, möchten sie normalerweise doch auch mehr Zeit miteinander verbringen.«

»Ihr beide seid in jeder freien Minute zusammen«, gab Finlay zu bedenken.

»Ja. Mehr könnte ich mir gar nicht wünschen. Es ist nur …« Ihr Magen zog sich zusammen und sie schob ihren Eisbecher weg. »Ich kann das nicht aufessen. Immer, wenn ich versuche, mir unsere Zukunft vorzustellen, wird mir ganz flau im Magen.«

»Weißt du, wann das auch passiert?« Finlay grinste. »Wenn man schwanger ist.«

»Ich bitte dich. Du gönnst mir bloß die durchgeschlafenen Nächte nicht. Ich verhüte zuverlässig. Das weißt du.«

»Mom ist trotz Verhütung zweimal schwanger geworden«, hielt Finlay dagegen. »Letzte Woche ist dir bei unserem gemeinsamen Lunch auch schlecht geworden.«

»Da haben wir über dasselbe Thema gesprochen.«

»Stimmt. Aber ihr beide fallt bei jeder Gelegenheit miteinander ins Bett.«

»Jetzt hör aber auf.« Penny lachte.

»Oh mein Gott, Penny. War dir vor ein paar Wochen beim Abendessen im Whiskey Bro's nicht auch schon übel? Du und

Scott, ihr seid früher gegangen. Wie lange geht das schon so?«

Penny dachte kurz nach. Ihre Schwester hatte recht. Das war nicht der erste Anfall von Übelkeit. »Jetzt machst du mich langsam doch nervös.«

»Ich könnte mich täuschen. Besorg dir einen Test, dann weißt du in fünf Minuten, ob du schwanger bist oder bloß gestresst.«

»Du liebe Güte. Das fehlte noch. Ich will nicht mal daran denken. Ich grüble schon die ganze Zeit, wie lange es mit Scott und mir noch so weitergehen kann.«

»Dass ihr zusammenlebt, ohne wirklich zusammenzuleben?«

»Genau. Manchmal glaube ich, es könnte für immer so bleiben. Aber ich verliebe mich jeden Tag noch mehr in ihn. Mit jeder Berührung, jedem Kuss, jedem Gespräch. Selbst wenn es ein schwieriges ist. Als er vorhin hier reinkam, hatte ich sofort die wildesten Schmetterlinge im Bauch. Aber wenn alles so bleibt, wie es jetzt gerade ist, werde ich dann eines Tages zurückblicken und mir wünschen, wir hätten Kinder? Glaubst du, unsere Liebe ist groß genug, um alle leeren Stellen zu füllen?«

Finlay strich zärtlich über Tallulahs Kopf. »Das darfst du eine frischgebackene Mommy nicht fragen, denn dieses kleine Wesen bedeutet uns einfach alles.«

»Oh ja, das verstehe ich. Weißt du, ich liebe Scott so sehr, dass ich wünschte, ich würde keine Kinder wollen. Bevor ich mit ihm zusammen war, habe ich nie ernsthaft über eine eigene Familie nachgedacht. Aber du siehst ja, wie gut er mit Kindern klarkommt. Er hat einen super Draht zu ihnen. Genau wie wir beide.«

»Er kann wirklich prima mit Kindern umgehen, Pen. Aber das bedeutet nicht, dass er unbedingt eigene haben muss.«

»Schon klar. Dabei habe ich den Verdacht, dass er sich in Wahrheit Kinder wünscht. Er hat einfach nur Angst. Außerdem können Menschen ihre Einstellung ändern. Denk doch nur an Tru. Als er aus dem Knast gekommen ist, standen eine Frau und zwei Kinder sicher nicht ganz oben auf seiner Wunschliste.« Sie seufzte und hatte das Gefühl, nach Strohhalmen zu greifen. »Glaubst du, ich erhoffe mir zu viel? Einen Fünfjahresplan brauche ich gar nicht. Ich möchte nur einen Hoffnungsschimmer, dass Scott eines Tages mehr mit mir will. Ganz gleich, ob jetzt oder in zehn Jahren. Solange ich nur weiß, dass er irgendwann so weit sein wird und dass er mit mir gemeinsam darauf hinarbeiten möchte.«

»Ich finde nicht, dass du dir zu viel erhoffst. Aber habt ihr zwei das schon mal ernsthaft besprochen?«, fragte Finlay.

»Über unsere Vorstellungen haben wir schon ein paarmal geredet. Er weiß, dass ich mir Kinder wünsche, und ich weiß, dass er keine will. Langsam kriege ich wegen meinen Wünschen schon Schuldgefühle. Schließlich habe ich von Anfang an gewusst, worauf ich mich mit ihm einlasse.«

»Kann schon sein. Aber du konntest ja nicht ahnen, dass du dich dermaßen in ihn verliebst. Und vermutlich hast du geglaubt, wenn euch die große Liebe passiert, würde er seine Meinung schon ändern. Das ist ganz normal, Penny. Ich hätte auch nie gedacht, dass Bullet eines Tages monogam leben will. Geschweige denn heiraten und ein Baby haben.«

»Da siehst du mal. Ich möchte Scott nicht ändern. Ich liebe ihn, wie er ist. Aber ich sehne mich nach einer wirklichen gemeinsamen Zukunft. Ich möchte mit ihm zusammenwohnen und mich darauf freuen können, dass wir eines Tages eine eigene Lulu haben.« Noch während sie die Worte laut aussprach, wurde ihr bewusst, was sie da sagte. Das flaue Gefühl verstärkte sich. »Oh mein Gott, Fin. Wenn ich mich so reden höre, wird mir klar, dass ich eben doch versuche, Scott zu ändern. Ich habe mich in eine dieser grauenhaften Frauen verwandelt, die einen Mann umkrempeln wollen. Nur dass ich es bis jetzt noch nicht gemerkt hatte.«

Die beiden nächsten Tage verbrachte Penny in innerem Aufruhr. Sie kämpfte mit Schuldgefühlen wegen ihrer Erwartungen an Scott, und Finlays Bemerkungen über eine mögliche Schwangerschaft machten sie nervös. Ihren Magen beruhigte das kein bisschen. Die Tage schleppten sich quälend dahin, aber wenn sie abends in Scotts liebevollen Armen lag, verblassten all ihre Sorgen um die Zukunft, weil die Gegenwart so wunderbar war. Sie lachten und sie liebten sich und waren so gut zusammen, dass sie sich die allergrößte Mühe gab, alle anderen Gedanken zu begraben. Doch am nächsten Morgen waren sie wieder da. Ihr war übel und Finlays Vermutung verfolgte sie.

Am Freitagnachmittag hielt sie es nicht mehr aus. In ein paar Stunden würden sie zum Probeessen für Sarahs Hochzeit gehen. Aber wie konnte sie sich auf ein Fest einlassen, dass die Zukunft feierte, wenn sie nicht einmal wusste, wo sie gerade stand? Sie schloss das Eiscafé eine halbe Stunde früher als sonst und kaufte sich einen verdammten Schwangerschaftstest. Weshalb gleich drei davon in der Verpackung steckten, war ihr ein Rätsel. War das denn nicht übertrieben? Mussten zwei denn nicht reichen? Eine Schwangerschaft wurde schließlich nicht per Abstimmung bestätigt.

Jetzt saß sie auf dem Rand der Badewanne in ihrer Wohnung über dem Eiscafé und schaute zu, wie auf ihrem Smartphone die Sekunden dahintickten. Ihre Handflächen wurden feucht, ihre Nerven kribbelten, ihre Gedanken drehten sich im Kreis. Nach einer Minute konnte sie nicht mehr still sitzen. Sie schnappte sich den Test, starrte auf das kleine Fenster und marschierte auf und ab.

Eine pinkfarbene Linie erschien.

Negativ.

Erleichterung überkam sie. Sie legte den Kopf in den Nacken, schloss die Augen, atmete tief aus, und stellte jetzt erst fest, dass sie die Luft angehalten hatte. Sie drückte eine Hand auf ihre Brust und versuchte, sich zu beruhigen. Dann warf sie einen weiteren Blick auf den Test.

Eine zweite, schwächere Linie erschien.

Penny kniff die Augen zusammen, schaute genau hin. Sie las noch einmal die Packungsbeilage.

Zwei Striche. Schwanger.

Oh mein Gott.

Sie konnte es nicht glauben. Sicher ein falsches Testergebnis. Sie riss die Verpackung des zweiten Tests auf und folgte Schritt für Schritt den Anweisungen. Als sie wieder ein positives Ergebnis in den Händen hielt, öffnete sie den dritten Test. Plötzlich waren drei nicht mehr genug. Ihr Herz raste.

Positiv.

Ich bin schwanger? Ach du Scheiße. Ich bin schwanger.

Sie sank auf den Rand der Badewanne. Völlig unbekannte Gefühle prasselten auf sie ein. Ihr wurde heiß, dann kalt. Sie schnappte nach Luft, bekam eine Gänsehaut. Dann lachte sie ungläubig auf. Sie legte eine Hand auf ihr Herz und flüsterte: »Ich bin schwanger.« Das klang überrascht, aber eigentlich ganz glücklich. Sie legte die Hand auf ihren Bauch, und eine ganz unerwartete Ruhe überkam sie. »Ich bekomme ein Baby.«

Wir bekommen ein Baby.

Sie erstarrte und ihre Hände begannen zu zittern. Die Kehle wurde ihr eng und mit einem Mal fiel ihr das Atmen schwer. Wenn Scott nicht einmal sagen konnte, dass er sie liebte, wie konnte sie dann hoffen, dass er dieses Baby wollte?

Lange saß sie da wie betäubt. Sie wollte glücklich sein, doch sie war verzweifelt. Sie musste es Scott sagen, aber heute Abend konnte sie das nicht tun. Nicht vor dem Probeessen, und definitiv auch nicht morgen vor der Hochzeit. Das würde für sie beide viel zu stressig werden und es war weder ihm noch Sarah gegenüber fair. Das Warten würde sie fast umbringen, aber es ging nicht anders. Sie würde es ihm morgen Abend sagen. Nach der Hochzeit.

Diese Entscheidung machte die Schwangerschaft noch realer. Sie schluckte. Die widersprüchlichsten Gedanken jagten ihr durch den Kopf. *Vielleicht freut er sich ja. Und wenn nicht? Er wird sich nicht freuen. Er hat zu viel Angst, Kinder zu bekommen.*

Oh Gott.

Ich könnte Scott verlieren.

Unser Baby könnte seinen Vater verlieren.

Sie schloss die Augen und kämpfte gegen die Tränen an. Dabei kam ihr ein alberner Gedanke. *Wenn Finlay einfach den Mund gehalten hätte, hätte ich keinen Test gemacht.* Sofort hatte sie ein schlechtes Gewissen und ihr wurde wieder übel.

»Das war nicht so gemeint.« Sie rieb ihren Bauch. Die Tränen strömten ihr jetzt in Bächen über die Wangen. »Ich will dich, mein Baby. Ich hoffe bloß, dein Daddy will dich auch.«

Vier

Um Scott nicht aufzuwecken, wand sich Penny am Samstagmorgen ganz vorsichtig aus seinen Armen und stahl sich aus dem Bett. Gestern beim Probeessen hatten sie viel Spaß gehabt und mit ihren Freunden gefeiert. Sarah und Bones waren so glücklich und verliebt, dass Penny neue Hoffnung geschöpft hatte. Vielleicht würde sich Scott ja doch bald ganz zu ihrer Liebe bekennen und feststellen, dass heiraten und eine Familie gründen gar nicht so verkehrt war.

Sie zog sich eines seiner T-Shirts über und ging ins Badezimmer. Ihr Blick streifte den eleganten Anzug, der außen an der Schranktür hing. Wenn er darin seine Schwester Sarah zum Traualtar führte, würde sie sicher dieselben Fantasien haben wie schon bei Josies Hochzeit. Sie würde sich vorstellen, wie sie eines Tages zu ihm an den Traualtar trat. Doch jetzt sah sie in ihren Tagträumen noch etwas anderes. Scott hielt ihr gemeinsames Baby auf dem Arm und strahlte dabei vor Stolz.

An diese Vorstellung klammerte sie sich mit aller Macht, denn jede andere Möglichkeit wäre viel zu traurig gewesen.

Sie ging aufs Klo, dann putzte sie sich die Zähne und dachte daran, wie oft sie Scott gestern Abend beinahe von der Schwangerschaft erzählt hätte. Dabei wusste sie nicht einmal, wie sie ihm das nach der Hochzeit sagen sollte. Schließlich war es nicht fair zu erwarten, dass er sich so grundlegend änderte. Aber eine Zukunft ohne ihn konnte sie sich nicht vorstellen. Eines wusste sie allerdings ganz sicher. Ihr Baby war aus Liebe entstanden, und sie wollte es so sehr, wie sie ihn wollte.

Sie ging durch den Flur in die Küche und nahm sich fest vor, bis nach der Hochzeit alle Grübeleien abzustellen. Scott sollte heute einen unvergesslich schönen Tag haben, und dafür gab es mindestens zwei Gründe. Erstens machte es ihn schon nervös genug, dass er heute seine Schwester Sarah zum Altar führen würde. Für ihn würde das mindestens so emotional werden wie Josies und Jeds Hochzeit im Februar. Der zweite Grund betraf sie beide. Denn falls er wegen der Schwangerschaft mit ihr Schluss machte, blieben ihnen heute nur noch ein paar wenige gemeinsame Stunden, die hoffentlich wunderschön und magisch werden würden.

Sie verbannte alle Gedanken an die Schwangerschaft in die hinterste Ecke ihres Kopfes. Dann ging sie in die Küche und machte Heidelbeer-Bananen-Pfannkuchen. Immer wieder sah sie dabei die Tränen in Scotts Augen vor sich, als er Josie zum Altar gebracht hatte. Er liebte seine Schwestern über alles. Einmal hatte er ihr anvertraut, dass er das beklemmende Gefühl hatte, die beiden im Stich gelassen zu haben, als er aus seinem Elternhaus weggegangen war und die Mädchen hatte zurücklassen müssen. Dass Josie an ihrem Hochzeitstag einer hoffentlich glücklichen Zukunft entgegenging, hatte ihn tief berührt und ziemlich aus der Fassung gebracht. Sicher würden ihn solche Gefühle jetzt bei Sarah noch heftiger packen, weil sie unter ihren Eltern genauso gelitten hatte wie er. Deshalb machte Penny ihm jetzt sein Lieblingsfrühstück.

Während sich alle anderen bemühten, Sarah und Bones

einen perfekten Tag zu bescheren, kümmerte sie sich um einen perfekten Tag für Scott.

Sie stellte die Teller mit den Pfannkuchen und zwei Tassen Kaffee auf ein Tablett. Auf dem Weg durch den Flur ging ihr durch den Kopf, wie oft Scott über seine Hoffnungen für seine Schwestern sprach. Ihnen wünschte er von ganzem Herzen eine glückliche Zukunft. Doch über eigene Zukunftswünsche sprach er fast nie.

Er schlief immer noch tief und fest, was vor ein paar Monaten völlig undenkbar gewesen wäre. Da hatte er sich nächtelang rastlos hin- und hergewälzt. Sie stellte das Tablett auf den Nachttisch und betrachtete einen Moment lang diesen unfassbar liebevollen, verlässlichen Mann, der schlafend vor ihr auf dem Rücken lag. Ein Arm ruhte immer noch auf ihrer Seite des Bettes, die Decke bauschte sich an seiner Taille. Eines seiner Beine lugte darunter hervor, durch die Härchen schimmerten die Narben von seinem Unfall. Sie setzte sich zu ihm und küsste die Narben. Dann küsste sie sich hinauf zu seinem Oberkörper und vertraute ihre Hoffnungen für ihn den hohen Mächten an. Die Hoffnung, dass er sich nicht selbst unterschätzte. Dass er eines Tages erkennen würde, was für ein wunderbarer, liebevoller Vater und Ehemann in ihm steckte. Schließlich fügte sie noch eine Bitte hinzu. *Wenn er das alles wirklich nicht will, dann bitte helft mir durch die Trauer, wenn ich ihn verliere, damit ich unser Kind mit all der Liebe großziehen kann, die es verdient.*

»Hm. Guten Morgen, meine Süße«, schnurrte er mit seiner sexy verschlafenen Stimme. Mit geschlossenen Augen vergrub er die Hände in ihrem Haar, während sie seine Brustmuskeln küsste.

Sein warmer Ton und seine liebevolle Berührung genügten, um alle dunklen Gedanken zu verscheuchen. Sie wollte ihn lieben, ihm so nahe sein, wie es nur ging. Frech ließ sie ihre Zunge über seinen Nippel huschen. Er drückte die Hand an ihren Hinterkopf und hielt ihren Mund dort fest, wo er war. Ein weiterer wohliger Laut stieg aus seiner Kehle. Sie neckte ihn, wie er es am liebsten mochte, mit Zähnen und Zunge, und seine Brust hob sich ihr entgegen.

»Du fühlst dich so gut an, Baby.« Sein Becken zuckte, seine Erektion drängte sichtbar gegen das Laken. Sie liebte, was er sagte, und welche Wirkung sie auf ihn hatte. Und, Himmel hilf, in dieser Sekunde verliebte sie sich noch mehr in ihn. Sie spürte es wie ein Ziehen, ganz tief in ihrem Herzen. Dieser Tag sollte nicht bloß etwas Besonderes werden, sondern der beste Tag ihres Lebens.

»Ich habe dir Frühstück gebracht.« Mit den Fingerspitzen zeichnete sie einen Muskel in seinem Arm nach.

»Ich habe bloß Hunger auf dich.«

Er wollte sie in die Arme nehmen, doch sie war noch nicht fertig mit ihm. Langsam küsste sie sich an ihm nach unten, streichelte mit den Lippen seine Bauchmuskeln und schob die Bettdecke beiseite. Entschlossen, ihm richtig einzuheizen, legte sie die Finger um seine Härte. Er drängte sich in ihre Hand, und sie senkte den Kopf und schloss die Lippen um ihn. Mit der Hitze von tausend Sonnen trafen sich ihre Blicke. Er schaute zu, wie sie ihn langsam und fest rieb, wie sie ihn saugte und leckte, und stieß dabei sündige Seufzer aus.

»Nicht kommen«, flüsterte sie. Dann nahm sie ihn tiefer in den Mund und beschleunigte ihren Rhythmus. Alle seine Muskeln spannten sich und seine Blicke verschlangen sie, während sie ihre Zunge tanzen ließ.

»Verdammt, ich liebe deinen Mund«, zischte er.

Es war gut, dass sie gerade nicht sprechen konnte, denn ihr

lag ein *Verdammt, und ich liebe dich!* auf der Zungenspitze. Langsam ließ sie ihn aus ihrem Mund gleiten und er stöhnte auf. Mit einem kecken Lächeln riss sie sich das Shirt herunter, schob sich über ihn und senkte sich auf seinen Schaft. Sie dehnte sich für ihn und hieß jeden Zentimeter willkommen. Dann hielt sie inne. Die Muskeln in ihrem Inneren zogen sich zusammen. Seine Augen verengten sich zu Schlitzen und er packte sie an den Hüften, forderte sie auf, ihn zu reiten. Sie wollte aber gerne noch ein bisschen mit ihm spielen. Deshalb blieb sie still sitzen und ließ nur weiter die Muskeln in ihrem Inneren pulsieren.

Jetzt wurde sein Blick vulkanisch. »Beweg dich, Baby.«

»Noch nicht«, flüsterte sie, griff hinter sich und streichelte seine Hoden.

Seine Hüften bäumten sich auf. »Verdammt.«

Das Verlangen in seiner Stimme jagte Lustwellen durch ihren Körper. Sie legte eine Hand auf ihre Brust, die andere zwischen ihre Beine. Sein Stöhnen wurde noch sinnlicher, hungriger. Seine Hüften begannen zu stoßen, seine Finger gruben sich in ihr Fleisch, während er die empfindliche Stelle in ihrem Inneren in fieberhaftem Tempo rieb. Penny warf sich kopfüber in den Strudel der Lust, und Scott drehte sie mit einer kraftvollen Bewegung auf den Rücken und drückte den Mund auf ihren. Sie gab jede Kontrolle auf, ihre Körper übernahmen das Kommando. In perfektem Einklang bewegten sie sich an den magischen Ort, an dem nur noch sie beide existierten. Scott liebte sie so meisterhaft, dass sie sich zwischen Wolken verlor, getragen von echter und allumfassender Liebe, die zwei Menschen in wilder Ekstase eins werden ließ.

Atemlos fielen sie hinterher auf die Laken. Scott schlang die Arme um sie und zog sie fest an sich, sodass sie sich von den

Füßen bis zur Brust berührten. Wie immer überkam Penny dabei ein Gefühl tiefer Geborgenheit und die ganze Welt blieb draußen. Diesen sicheren Ort in seinen Armen wollte sie niemals mehr verlassen.

»Spürst du das?«, flüsterte er ihr ins Ohr.

»Hm-hm. Immer, wenn unsere Liebe uns so einhüllt.« Sie wand sich innerlich, weil ihr das L-Wort herausgerutscht war. *Auweia.* Wie konnte sie es bloß wieder zurückholen? Obwohl sie es genau genommen gar nicht zurückholen wollte? Sie traute sich kaum zu atmen und blieb mit weit offenen Augen reglos liegen.

Die Stille dehnte sich von Sekunden zu Minuten. Sie war sicher, dass sie einen riesigen Fehler gemacht hatte. Das verbotene Wort breitete sich zwischen ihnen aus, brachte so viele widersprüchliche Gefühle mit sich, und ihr Herz tat so weh. Scott verlagerte sein Gewicht, und sie hatte Angst, ihr Mann der wenigen Worte würde gleich aufstehen und einfach davongehen. Doch einer seiner Arme glitt tiefer. Wie ein Fächer legten sich seine Finger in ihr Kreuz. Mit der anderen Hand hielt er sie an der Schulter, dann drückte er sie fest an sich. Es schien, als wollte er das Wort zwischen ihnen festhalten, es niemals loslassen, und auch nicht sie.

Sie schloss die Augen und hoffte.

Eineinhalb Stunden später rannten sie hektisch umher und machten sich fertig. Sie waren noch einmal eingeschlafen und dann erschrocken hochgefahren. In zwanzig Minuten mussten sie los, sonst kamen sie zu spät zu der Hochzeit.

Penny schaltete den Föhn aus und verstaute ihn unter dem Waschbecken. In ein Duschtuch gehüllt hastete sie zurück ins Schlafzimmer, um die sexy Unterwäsche zu holen, die sie sich zu ihrem Kleid gekauft hatte. Sie wühlte in ihrer Tasche und zog ihre Schuhe heraus. »Mist! Das sind zwei verschiedene!« Sie schaute zu Scott, der gerade seine Hose anzog. »Zu dem Kleid brauche ich meine nudefarbenen Heels. Wir müssen noch kurz bei mir vorbeifahren. Aber ich muss mich auch noch schminken, mir das Haar aufstecken und mich anziehen. Das schaffen wir nie.«

Er schlüpfte in sein Hemd. »Mach du dich fertig, ich hole die Schuhe.«

Die Erleichterung brach aus ihr heraus und sie warf die Arme um ihn. »Gott, ich liebe dich!« *Oh Shit. Shit! Shit!* Zweimal an einem Tag. Sie schloss die Augen, sagte sich, sie müsse es zurücknehmen. Aber sie hatte keine Lust mehr, sich die Worte zu verkneifen. Außerdem waren sie nur ein erster Schritt, denn bald musste sie ihm von dem Baby erzählen. Vielleicht wurde das ja dann leichter. Sie nahm ihren ganzen Mut zusammen. »Es ist wahr, Scotty. Ich liebe dich.« Sie wich einen Schritt zurück. Sein befangener Blick schnitt ihr tief ins Herz, doch die Wahrheit drängte unaufhaltsam heraus. »Ich liebe, wer du bist und wer ich bin, wenn wir zusammen sind. Und ich weiß, du liebst mich auch. Ich spüre es, wenn du mich anfasst, und ich sehe es in deinen Augen.«

Er sagte kein Wort. Er stand einfach nur da und presste die Kiefer aufeinander. Sein gequälter Gesichtsausdruck war kaum zu ertragen.

»Du kannst es wirklich nicht aussprechen?« Tränen brannten in ihren Augen.

Er stand stocksteif da. »Das ist es nicht.«

»Was ist es dann? Es ist nur ein kurzer Satz, Scott. Ein Satz, den du eigentlich gerne sagen müsstest, wenn du mich wirklich liebst. Ich verlange keinen Ring. Aber wenn du nicht mal *Ich liebe dich* sagen kannst, was tun wir dann hier?« Sie hatte nicht laut werden wollen, doch sie konnte ihren Schmerz nicht länger unterdrücken.

»Du weißt, dass ich dich liebe. Doch in diesen Worten liegt ein Versprechen, das ich dir nicht geben kann.«

Tränen glitten ihr über die Wangen. »Das einzige Versprechen, das in ihnen liegt, ist die Liebe selbst. Ich lebe aus einer Schublade und aus einer Tasche, Scott. Alle paar Tage fahre ich in meine Wohnung, hole neue Kleider und wasche die anderen. Weißt du, wie sich das anfühlt? Weißt du, wie es ist, in deinen Armen zu liegen und dich so sehr zu lieben, dass es wehtut, es zurückzuhalten?«

»Das weiß ich sehr gut«, sagte er schroff. »Für mich ist es doch genauso.«

Sie packte seine Hände. »Aber verstehst du denn nicht? Wir müssen uns nicht zurückhalten. Was wir haben, ist so schön und so richtig, dass wir es feiern sollten. Wegen dem, was du als Kind erlebt hast, hast du Angst, selbst Kinder in die Welt zu setzen. Aber du bist nicht dein Vater. Du bist warmherzig und voller Liebe. Du hast die Geduld eines Heiligen …«

»Hör auf.« Er zog seine Hände weg. »Hast du irgendeine Ahnung, wen ich jeden gottverdammten Tag im Spiegel sehe? Meinen Vater, Penny. Den Mann, der Sarah und mich von früher Kindheit an verprügelt hat. Du weißt nicht, wie es ist, dabei zuzusehen, wie deine Schwester geschlagen wird oder wie sie zitternd vor Angst in einer Ecke kauert. Oder wie es ist, auf den Mann loszugehen, der sie misshandelt, wenn du eigentlich viel zu jung und viel zu schwach bist, um ihn davon abzuhalten.

Ein verdammter Schlag von ihm, und ich bin quer durch den Raum geflogen. Tag für Tag. Jahrelang. Und dann unsere gottverdammte Mutter, die Sarah mit den übelsten Schimpfworten überschüttet, uns gedemütigt und verspottet hat. Bis heute ist es mir ein Rätsel, wie wir Geschwister das überlebt haben. Und es gibt keine Garantie, dass ein solches Monster nicht auch irgendwo in mir lauert.« Zähneknirschend und mit bebenden Nasenflügeln ging er auf und ab.

Penny war vor Tränen halb blind.

»Ich liebe dich mit jeder Faser meiner Seele, Penny. Du bist das verdammte Auge meines Sturms. Mein sicherer Hafen. Die Welt um mich herum könnte explodieren, aber wenn ich dich ansehe, wenn ich deine Stimme höre und deine Berührungen spüre, ist alles andere egal. Mit dir fühle ich mich ganz und geerdet und so verdammt gut, dass ich es kaum beschreiben kann.« Tränen schimmerten in seinen Augen. »Ich will genau das, was du willst. Ich will ein Leben ohne Taschen voller Kleider, ohne falsche Schuhe. Aber ich weiß, wie sehr du dir eine Familie wünschst. Ich glaube nicht, dass ich je einem Kind etwas zuleide tun könnte. Aber ich kann dieses Risiko nicht eingehen. Ich will keine Kinder in die Welt setzen, wenn jederzeit irgendetwas in mir aufbrechen könnte und ich so werde wie mein beschissener Vater.« Seine Hände ballten sich zu Fäusten und er wandte sich ab.

Das erdrückende Gefühl in ihrer Brust ließ die Luft aus ihrer Lunge weichen. Sie zwang ihre Beine, sich zu bewegen. Dann rannte sie um ihn herum, verstellte ihm den Weg und schaute ihm ins Gesicht. »Aber du bist nicht er, Scotty. Du liebst deine Nichten und Neffen. Himmel, du vergötterst die Kinder alle. Lulu, Kennedy und Lincoln. Du bist gerne mit ihnen zusammen, und ich habe nicht ein einziges Mal erlebt, dass du eines von ihnen auch nur angeblafft hättest.«

Er versuchte, sich abzuwenden, doch sie folgte seinen Bewegungen. »Ich weiß, dass du nie ein Kind schlagen würdest. Aber ich verstehe deine Angst und respektiere, dass du so fühlst. Nur bitte wirf nicht etwas weg, was so gut ist und so groß. Denn es gibt Möglichkeiten, sich diesen Problemen zu stellen. Wir können gemeinsam eine Therapie machen, mit Spezialisten sprechen, die vielleicht herausfinden können, ob du diese Art von Aggression in dir trägst. Roni und Quincy hat eine Therapie geholfen. Sicher könnten sie uns jemanden empfehlen. Und ich wäre dabei und würde dich unterstützen. Bei jedem einzelnen Schritt. Was immer nötig ist, ich bin da und trage es mit.«

Er schluckte, und sie dachte, dass er etwas sagen würde. Als er schwieg, fuhr sie fort. »Schau dir deine Schwestern an, Sarah und Josie. Sie sind im selben Haus aufgewachsen wie du und sie sind liebevolle Mütter. Warum solltest du denn kein liebevoller Vater werden?«

Er presste die Kiefer zusammen, schüttelte den Kopf. Wieder schnitt sein Blick ihr tief ins Herz. »Penny …« In seinen Augen schimmerten Tränen.

»Nein.« Sie schaute ihm fest ins Gesicht. »Ich gebe dich nicht auf. Ich gebe *uns* nicht auf, nur weil du zu viel Angst hast, das Pflaster abzureißen und nachzuschauen, was sich darunter verbirgt.« Sie warf die Arme um ihn und hielt ihn fest. Dabei betete sie, dass er jetzt nicht sofort Schluss machen würde, und war überrascht, als er die Umarmung erwiderte.

»Ich liebe dich so verdammt heftig, dass es wehtut, Penny.« Er küsste sie oben auf den Kopf und hielt sie noch fester. »Aber was, wenn ein Therapeut mir sagt, dass ich ein Risiko darstelle? Was ist dann?« Er nahm sie an den Armen und schob sie ein

Stück von sich weg. Der Schmerz in seinem Blick bohrte sich wie ein Dolch in ihre Brust. »Es könnte Monate, vielleicht sogar Jahre dauern, bis bei der Therapie irgendwas herauskommt. In der Zeit würdest du dich vielleicht noch mehr in mich verlieben und hättest am Ende doch nicht die Familie, die du dir so wünschst. Wenn das kein Rezept für Reue und Bitterkeit ist, was dann?«

Ihr Herz zersprang und sie begann zu schluchzen.

»Das ist mein Problem, Süße. Mein Sumpf und mein Mist«, sagte er etwas sanfter. Wieder spannten sich seine Kiefermuskeln, Bedauern trat in seinen Blick. »Du verdienst einen Mann, der dir alles geben kann, was du willst.«

Nein. Nein. Nein. »Ich will keinen anderen. Ich will dich«, schluchzte sie.

»Und ich will dich, weil ich nämlich ein egoistischer Mistkerl bin. Aber das ist nicht fair, denn vielleicht werde ich nie genug für dich sein.«

Sie musste ihre ganze Kraft zusammennehmen, um die nächsten Worte hervorpressen zu können. »Wie willst du das wissen, wenn du es nicht mal versuchst?«

Wieder zog er sie in seine Arme und hielt sie noch fester als zuvor. »Ich weiß es nicht«, sagte er mit einer liebevollen, aber unfassbar sorgenschweren, brüchigen Stimme.

Fünf

Scott stand an einem Fenster der herrschaftlichen fünfgeschossi-
gen Davenport-Villa, auf dem ganz im klassischen französischen
Stil gestalteten Landsitz. Er schaute hinaus auf den herrlichen
parkartigen Garten, wo Bones und Sarahs Hochzeit stattfinden
würde. Große steinerne Pflanzgefäße, die vor üppigen roten
Blüten überquollen, säumten den roten Teppich auf dem
sattgrünen Rasen. Der Teppich führte zu einem Pavillon mit
einer Steinkuppel, wo sich das Brautpaar das Ja-Wort geben
würde. Das kleine Bauwerk spiegelte sich im Wasser eines
großen Teichs mit einem Springbrunnen. In dem Säulengang
auf der anderen Seite des Teichs würde später die Feier
stattfinden. Schon jetzt tummelten sich über zweihundert Gäste
auf dem Rasen. Neben Angehörigen und Freunden waren
Bones' Kollegen eingeladen, und natürlich die Mitglieder des
Dark-Knights-Motorradclubs, dessen Präsident Bones' Vater
Biggs war. Bones und seine Brüder Bullet und Bear gehörten
ebenfalls seit vielen Jahren dazu.

Scotts Blick schweifte über die Menge und fand wie von
selbst zu Penny. Gerade so, als hätte sie ihn gerufen. Sie sah
wieder einmal einfach umwerfend aus. Das Haar hatte sie sich
an den Seiten hochgesteckt, ein paar feine Strähnchen umrahm-

ten verspielt ihr Gesicht. Zu ihrem schulterfreien apricotfarbenen Kleid mit dem luftigen Rock trug sie die Heels in Nude, die sie noch rasch bei ihr zu Hause geholt hatten. Sie waren ein paar Minuten zu spät gekommen, aber Sarah war wie immer sehr taktvoll gewesen und hatte kein Wort darüber verloren. Er schaute zu, wie Penny mit Hail, Kennedy und Lincoln spielte, und sein Magen zog sich zusammen. Schon seit Monaten stellte er sie sich insgeheim immer wieder mit ihren eigenen, gemeinsamen Kindern vor. Wie konnte es auch anders sein, wo sie doch so oft mit den Kindern seiner Schwestern spielten. Vor seinem inneren Auge sah er kleine Mädchen mit großen blauen Augen und bunten Schleifen und Bändern in den honigfarbenen Locken. Und er sah schlaksige, zerzauste kleine Jungs, die am liebsten draußen spielten. Penny und er würden ihren Kindern Geschichten vorlesen, ihnen beibringen, was richtig war und was falsch, und ihnen so viel Liebe schenken, dass all ihre kleinen Freunde sie für wahre Glückspilze hielten. Er stellte sich vor, wie er ihren Kindern das Angeln und Segeln beibrachte, wie er mit ihnen in die Bücherei ging und Ball spielte. In Pennys Eiscafé würden sie ihnen zeigen, wie man die verrücktesten Eisbecher mit viel zu vielen himmlisch süßen Zutaten und lustigen Namen machte. Er würde für die Kleinen ein menschliches Klettergerüst und ihr liebevoller Beschützer sein. Und Penny würde ihn mit demselben glückstrahlenden Blick anschauen, wie wenn sie gemeinsam auf die Kinder ihrer Schwestern aufpassten.

Aber verflucht, das war nur ein schöner Wunschtraum.

Auf der Fahrt hierher hatten er und Penny kaum gesprochen. Sie hatten einander nur fest an den Händen gehalten, so als könnten sie sich damit vor der zerbrochenen Seele retten, mit der seine Eltern ihn zurückgelassen hatten.

Bones beschenkte Sarah heute mit einer absoluten Traumhochzeit, und er konnte Penny nicht mal eine verdammte eigene Kommode versprechen.

»Scott!« Josie riss ihn aus seinen Gedanken.

Er schüttelte den Kopf und wandte sich seiner zierlichen jüngeren Schwester zu. In dem blassrosa Kleid, das ihr bis knapp über die Knie reichte, sah sie einfach bezaubernd aus. Es hatte einen herzförmigen Ausschnitt und einen Rock aus Chiffon. Das rotblonde Haar fiel ihr in natürlichen Wellen auf die Schultern. Josie war ein völlig anderer Typ als er und Sarah. Sie war eine stupsnasige kleine Elfe mit hohen Wangenknochen und einem Schönheitsfleck unter dem linken Mundwinkel. Ihre sonst so lebhaften braunen Augen musterten ihn besorgt. »Sorry, Josie.«

»Ich habe schon dreimal nach dir gerufen. Was ist denn mit dir? Erst marschierst du minutenlang wie ein Tiger im Käfig auf und ab, und dann verabschiedest du dich ins La-La-Land.«

»Ist alles in Ordnung?« Sarah, die vor einem großen Schminkspiegel gesessen hatte, stand auf.

Sie war größer und kurviger als Josie, hatte mandelförmige Augen und eine gerade Nase. In ihrem Hochzeitskleid sah sie einfach atemberaubend aus. Das aufwendige Spitzenoberteil betonte ihre Figur, der Rock fiel lang und geschmeidig wie bei einem Ballkleid bis auf ihre Füße und war seitlich ebenfalls mit Spitze besetzt. Ihr langes, honigblondes Haar, war zu einem eleganten Twist aufgesteckt und mit winzigen weißen Blüten geschmückt. Genau wie er und Josie hatte Sarah braune Augen, doch Sarahs Augen hatten selbst in den dunkelsten Zeiten immer ein wenig weicher und freundlicher gewirkt. Dass sie ihn nun so besorgt anschaute, löste sofort Schuldgefühle in ihm aus.

»Ja. Alles klar«, log er und machte einen Schritt vom Fenster weg. »Ihr beide seht wunderschön aus. Bones und Jed werden den Mund nicht mehr zukriegen.«

Sarah und Josie tauschten kritische Blicke.

»Okay. Und jetzt mal im Ernst.« Josie verschränkte die Arme. »Was ist?«

Heute an Sarahs großem Tag wollte er die beiden auf gar keinen Fall mit seinen Problemen belasten. So lässig wie möglich steckte er eine Hand in die Hosentasche und sagte: »Ich bin bloß ein bisschen gefühlsduseliger als sonst. Schließlich führt man nicht jeden Tag eine Schwester zum Traualtar.«

Josie schüttelte den Kopf. »Das kannst du mir nicht erzählen. Als ich geheiratet habe, warst du so verdammt glücklich und gerührt, dass du abwechselnd gestrahlt und geheult hast.«

Scott setzte ein Lächeln auf. Er hatte sich alle Mühe gegeben zu verbergen, wie überwältigt er an diesem Tag gewesen war. Aber nicht nur Penny hatte die Fassade offenbar mühelos durchschaut.

»Jap, genau.« Sarah trat näher. »Und heute hast du eindeutig was auf dem Herzen.«

Scott presste die Zähne aufeinander.

»Hattest du Krach mit Penny?«, fragte Josie.

»Oh nein. Habt ihr euch gestritten?«, fragte Sarah mitfühlend.

Er fing wieder an, auf und ab zu gehen. »Können wir vielleicht ein andermal darüber reden?«

»Können wir nicht.« Josie gesellte sich an seine Seite und wanderte mit. »Was ist los?«

»Nichts.«

»Nichts? Red keinen Mist«, schimpfte sie. »Sarah und mir lässt du so was nie durchgehen. Von uns willst du immer sofort hören, was nicht stimmt. Also spuck's aus.«

Sarah schob sich vor ihn hin und schnitt ihm den Weg ab. »Wenn du nicht sofort den Mund aufmachst, werde ich mich den ganzen Tag über sorgen. Vielleicht können wir dir ja helfen.«

»Das kann niemand«, gab er knapp zurück.

»Ein bisschen was darfst du uns schon zutrauen«, erwiderte Josie.

»Wir haben dir auch immer vertraut, als wir noch bei unseren Eltern gelebt haben und du uns beschützt hast«, sagte Sarah mit sanfter Stimme.

»Was mir nicht wirklich gut gelungen ist.« Die Wahrheit schmeckte bitter.

Nie würde er das quälende Gefühl vergessen, als er die beiden hatte zurücklassen müssen. Jahrelang hatte er ihre gemeinsame Flucht geplant, hatte jeden Cent gespart, den er während seiner Highschool-Zeit mit Jobs im Jachthafen verdient hatte. Einer seiner älteren Kollegen hatte ihm einen falschen Ausweis besorgt und ihm geholfen, ein Bankkonto zu eröffnen, auf dem er seine Ersparnisse gebunkert hatte. Aber wenige Wochen vor dem Tag, an dem er mit den Mädchen hatte verschwinden wollen, war er von der Arbeit nach Hause gekommen und sein Vater hatte ihm wegen irgendeiner Kleinigkeit die Hölle heiß gemacht. Heute wusste er nicht mal mehr, worum es dabei gegangen war. Schon immer hatte er sich gegen die Schläge gewehrt. Doch in letzter Zeit war er schnell gewachsen und nun fast so groß wie sein Vater. Als der ihn dieses Mal gegen die Wand gestoßen hatte, war Scott mit aller Macht auf ihn losgegangen. Schreiend und blind vor Wut hatte er um sich geschlagen, und sein Vater hatte ihm jeden einzelnen Schlag vergolten. Fäuste waren geflogen, Blut war geflossen. Josie war erst dreizehn gewesen, Sarah sechzehn. Beide hatten geschrien und geweint. Josie hatte in einer Ecke gekauert, Sarah sich schützend vor sie gestellt, während ihre Mutter gebrüllt hatte, sie sollten den Mund halten. Die süße, zarte Sarah war dann auf den Rücken ihres Vaters gesprungen und hatte versucht, ihn von Scott wegzuziehen. Ihre Mutter hatte sie gepackt, auf sie eingeschlagen und an ihr gerissen. Da hatte Scott komplett die Kontrolle verloren. Er hatte seinem Vater einen so harten Fausthieb verpasst, dass die Haut an seinen Fingerknöcheln aufgeplatzt war. Dann hatte er seine Mutter von den Mädchen weggestoßen und Sarah zugeschrien, sie sollte Josie nach unten bringen. Zum Glück hatte sie das getan, sodass seine Schwestern das Schlimmste nicht hatten miterleben müssen. Er hatte seinen Vater in den Schwitzkasten genommen und quer durch den Raum geschleudert, hatte dann die Mädchen schnappen und mit ihnen flüchten wollen. Doch sein Vater hatte ihm gedroht, ihn wegen Körperverletzung und Entführung anzuzeigen. Er war siebzehn gewesen und die Behörden wussten nichts von den Misshandlungen. Deshalb hätte Aussage gegen Aussage gestanden und Scott hatte in seiner jugendlichen Unerfahrenheit geglaubt, dass er dann angeklagt werden würde. Das Risiko, im Knast zu landen und seine Schwestern diesen Horroreltern zu überlassen, hatte er nicht eingehen können. Er hatte Sarah seine Bankkarte zugesteckt und ihr gesagt, sie solle sie um jeden Preis verteidigen. Er würde sich einen neuen Job suchen und noch mehr Geld einzahlen. Als er gegangen war, hatte er geglaubt, er könnte die Mädchen in ein oder zwei Tagen holen. Doch sein verdammter Vater hatte ihn tatsächlich angezeigt und damit eine Fahndung nach ihm ausgelöst. In seiner Verzweiflung hatte er in einem Minimarkt zweihundert Dollar geklaut und seine Ersparnisse damit aufgestockt. Ein Freund hatte ihm geholfen, sich in einer anderen Stadt zu verstecken, bis Gras über die Sache gewachsen war. Doch bei seiner Rückkehr waren seine Schwestern verschwunden gewesen. Ohne jede Spur.

»Oh doch, das hast du, Scott«, beharrte Sarah. »Wenn du nicht all die Jahre für uns da gewesen wärest, wäre ich heute vielleicht nicht mehr am Leben.«

»Worum geht es wirklich, Scott?«, beharrte Josie. »Was hat das alles mit Penny zu tun? Gestern Abend konntet ihr kaum die Finger voneinander lassen.«

»Nichts. *Alles*«, gab er zu. »Ich bin so verkorkst, habe so schreckliche Angst, dass auch in mir so ein Monster steckt.«

Josie schüttelte den Kopf. »Das ist doch hirnrissig. Du kannst toll mit Kindern umgehen.«

»Ist es nicht«, widersprach Sarah ernst.

Scott rutschte der Magen zwischen die Knie.

»Ich hatte auch immer Angst, dass ich wie er sein könnte«, fuhr Sarah fort. »Und ich habe lange befürchtet, dass das Monster in mir irgendwann zum Vorschein kommt. Als ich Bradley und Lila bekommen hatte, habe ich mich nachts manchmal krampfhaft wachgehalten. Ich hatte Angst, einzuschlafen und als eine völlig andere, ganz und gar unberechenbare Person wieder aufzuwachen. Nach allem, was wir durchgemacht haben, ist das vielleicht normal. Du musstest nie auf der Straße leben, Josie, dich nicht vor einem gewalttätigen Partner schützen und auch nicht auf einer Bohrinsel schuften, wo es rau zugeht und Liebe oder Zuwendung keinen Platz haben. Gott sei Dank hattest du Brian, der dich geliebt und unterstützt hat, seitdem du mit ihm zusammen von zu Hause weggegangen bist. Du warst damals so jung, ich glaube, es ist ihm gelungen, dir viele Ängste zu nehmen. Aber wir haben andere Erfahrungen und die Narben sind tief.«

»Was war, als du Maggie Rose bekommen hast, Sarah? Hast du dir da auch Sorgen gemacht?«, fragte Scott.

»Nein. Da hatte ich ja schon zwei Kinder und habe nicht mehr um mein Leben gefürchtet. Ich hatte Bones und dich und Josie und die Whiskeys und all unsere Freunde. Ich verstehe deine Ängste, Scott. Wir konnten nie sicher sein, dass die nächste Minute nicht unsere letzte sein würde. Und von uns allen musstest du das am längsten ertragen.« Sarah nahm seine Hand. In ihrem Blick lag kein Mitleid, sondern tiefes Mitgefühl. »Aber denk doch nur mal an den Unfall. Deine Lunge war kollabiert, du hattest zwei gebrochene Beine und hast trotzdem alles versucht, um uns aus dem Wagen zu kriegen. Als Bullet gekommen ist, hast du ihn angefleht, er soll mich und die Babys retten. Wieder und wieder. Selbst als wir längst alle draußen waren, hast du es immer noch wiederholt.« Ihre Augen wurden feucht. »Und als du nach der Operation aufgewacht bist, mussten die Krankenschwestern dich festhalten, weil du vor lauter Sorge um uns halb wahnsinnig warst. Du wolltest unbedingt zu uns. Dabei hast du meine Kinder zu dem Zeitpunkt erst ein paar Wochen gekannt.«

Scott erinnerte sich noch gut an die panische Angst, die ihn in dieser Nacht gepackt hatte. Er hatte geglaubt, er hätte nun endgültig alle verloren. Dabei hatte er Sarah doch gerade erst wiedergefunden.

»Du hast sogar mehr Geduld mit unseren Kindern als Sarah und ich. Du wirst nie laut und dir platzt nie der Kragen«, versicherte ihm Josie.

»Und nicht nur das«, sagte Sarah. »Du hast Josie, mich und unsere Kinder bei dir aufgenommen und unsere Kleinen behandelt, als wären sie deine eigenen. Du hast sie gebadet, ihre Windeln gewechselt, sie gefüttert und bist mit ihnen zum

Spielen rausgegangen. Du hast sie ins Bett gebracht und du hast ihnen gezeigt, was es bedeutet, eine Familie zu sein. Was es bedeutet, so zu leben, wie es in einer Familie sein sollte. Dass wir aus dem schrecklichen Haus entkommen sind, ist mehr als zehn Jahre her. Wenn du fähig wärest, das zu tun, was unsere Eltern uns angetan haben, dann hätte sich das inzwischen sicher gezeigt. Du bist kein Monster, Scott. Du hast bloß Angst, und das ist okay.«

Die Tür flog auf und Red Whiskey stürmte herein. »Wer von euch sagt nun gleich *Ja, ich …*« Ihr Lächeln fiel in sich zusammen, und ihre Augen verengten sich, sodass sie ihrer Doppelgängerin Sharon Osbourne noch ähnlicher sah. »Oh je. Was ist denn hier los? Bitte sagt mir, dass es keine kalten Füße sind, denn wenn du nicht bald vor dem Altar erscheinst, geht mein Sohn die Wände hoch.«

»Keine Sorge, Red. Ich kann die Füße kaum noch stillhalten, und nichts wird mich davon abbringen, meinem wunderbaren Bones das Jawort zu geben«, antwortete Sarah mit einem Grinsen.

»Uff«, schnaufte Red.

»Ich halte nur gerade mit meinem Mist den Betrieb auf«, gestand Scott der Frau, die ihn und seine Schwestern und alle ihre Kinder mit offenen Armen in ihre Familie aufgenommen hatte.

»Ah«, sagte Red, als hätte sie das schon eine Million Mal gehört. »Dein Herz tritt dir in den Hintern, stimmt's?«

»So ähnlich«, sagte Scott.

Reds Gesichtsausdruck wurde weicher. »Gut so, Schätzchen. Die Männer, die gar nicht merken, dass es Mist gibt, um den sie sich kümmern müssten, machen uns viel größere Sorgen.« An die Frauen gewandt sagte sie: »Dixie hat Bradley und Lila den

Gang zum Altar so oft üben lassen, dass sie den Weg inzwischen im Schlaf finden könnten. Also los, meine Damen. Hier findet jetzt eine Trauung statt!«

»Ja!« rief Sarah, und sie folgten Red und Josie in den Flur.

Scott nahm Sarahs Hand und sagte: »Weißt du noch, wie nervös du vor deinem ersten Date mit Bones warst? Und jetzt schau dich bloß an. Ich freue mich so für dich. Du und Josie, ihr habt alles Glück der Welt verdient.«

»Das gilt auch für dich, Scott«, sagte Sarah. Gemeinsam stiegen sie die Treppe hinunter und gingen zur Hintertür.

»Danke. Tut mir leid, dass ich dir die Festtagslaune verdorben habe.«

»Das würdest du heute gar nicht schaffen. Aber pass auf, dass du dir nicht selbst was verdirbst.« Auf dem Weg durch den mit Marmor ausgekleideten Flur lehnte sie sich zu ihm. »Unsere Eltern sind tot. Sie können uns nichts mehr tun. Lass nicht zu, dass ihre Bösartigkeit deine Größe überschattet. Penny liebt dich, Scott, und ich weiß, dass du sie auch liebst. Lass diese Liebe blühen und alles andere ergibt sich von selbst.«

Wenn Liebe nur genug wäre …

Penny wollte und verdiente weit mehr als nur seine Liebe.

Der heutige Festtag hätte perfekt werden sollen. Penny hatte sich einen Morgen voller Liebe, Lachen, Händchenhalten und verliebter Komplimente darüber ausgemalt, wie umwerfend gut Scott in seinem Anzug aussah. Sie hatte sich vorgestellt, wie er die Komplimente zurückgab, wenn er sie in ihrem neuen Kleid sah, gefolgt von lüsternen Küssen und endloser Versuchung, sodass sie sich am Ende des Tages nur noch seufzend in die Arme sinken wollten. Stattdessen hockte sie nun zwischen Finlay und Quincy und kämpfte gegen die Tränenströme an, die sich nach den seelentiefen Geständnissen, großer Verwirrung und ein paar hilflosen Worten während der Fahrt zur Hochzeit Bahn brechen wollten. Und als wäre das nicht schon Folter genug, kuschelte Finlay mit der unglaublich niedlichen Tallulah in dem rosa Rüschenkleid und den dazu passenden gehäkelten Schühchen. Voller Liebe und Bewunderung hing Finlays Blick dabei an ihrem Prachtkerl von Ehemann, der mit Bear neben dem steinernen Pavillon stand, in dem Bones und Sarah einander ewige Treue schwören würden. Quincy stahl Roni immer wieder Küsse. Und in der Reihe vor ihnen saßen weitere Freunde mit ihren Kindern. Truman und Gemma hatten Kennedy und Lincoln auf den Knien, und Jed und Hail spielten auf Jeds Handy ein Spiel und lachten sich dabei schlapp. Bears Frau Crystal knuddelte ihr knuffiges acht Monate altes Baby, Dixies Mann Jace kitzelte es ausgelassen am Bauch. Er drängte seine Dixie schon eine ganze Weile, ebenfalls in die Familienplanung einzusteigen.

Penny war von glücklichen jungen Eltern und Verliebten geradezu umzingelt.

Ihr Blick wanderte ein Stück weiter die Reihe entlang zu ihren Single-Freundinnen. *Vielleicht wäre dort ja der richtige Platz für mich.*

Der Gedanke trieb ihr einen ganzen Schwall heißer Tränen in die Augen. Sie drückte die Lider zusammen, um sie im Zaum zu halten. Sie wollte kein Single sein.

»Hey, Pen.« Quincy knuffte sie gegen den Arm.

Sie öffnete die Augen, presste die Lippen aufeinander und kämpfte gegen die blöden Tränen an. Aber ihre Traurigkeit war zu groß. Ihre Unterlippe zitterte und eine einzelne, verräterische Träne stahl sich über ihre Wange.

Quincy griff in die Anzugtasche und reichte ihr ein Bündel Taschentücher. »Ich bin vorbereitet. Weißt du noch, wie furchtbar Roni bei der Hochzeit von Josie und Jed geheult hat?«

»Danke.« Penny wischte sich die Augen ab. Aber wenn sie an Josie und Jed dachte – noch so ein Paar, das sich so heftig ineinander verliebt hatte, dass Jed Josie einen Ring an den Finger gesteckt hatte, damit die ganze Welt es erfuhr –, fing der Kampf gegen die Tränen gleich wieder von vorne an. Penny drückte sich die Taschentücher an die Augen.

»Alles in Ordnung?«, fragte Finlay.

Die Sorge in Finlays Stimme öffnete die Schleusen noch weiter.

Quincy beugte sich etwas näher. »Was ist mit dir, Penny?«

»Nichts«, presste sie hervor und versuchte, ihr Make-up nicht zu verwischen.

»Du lügst schon fast so gut wie ich«, sagte Quincy. »Willst du ein paar Schritte gehen? Darüber reden?«

Sein Mitgefühl ließ sie den Schmerz noch mehr spüren. Sie wollte Quincy nicht ihr Herz ausschütten und ihm die Feierstimmung verderben. Sie wollte das Unmögliche – die Zeit zurückdrehen und Scotts Antwort ändern. Sie wollte ihn sagen hören, dass er sie zu sehr liebte, um sie gehen zu lassen, und dass er sich eine Familie wünschte. Neue Tränen strömten ihr über die Wangen.

Roni spähte um Quincy herum und sagte: »Oh Gott, Penny. Was ist passiert?«

Penny sprang auf. »Ich brauche nur einen Moment für mich. Ich gehe kurz auf die Toilette.«

»Ich komme mit.« Finlay griff nach Tallulahs Babytasche.

»Ich auch«, sagte Roni, und die beiden standen auf.

Ihre Freunde in der Reihe vor ihnen drehten sich zu ihnen um und Gemma fragte: »Wo wollt ihr denn hin? Die Trauung fängt gleich an.«

Die Musik setzte ein, und alle Gäste wandten sich zu der Villa, von der aus Bones' Eltern Red und Biggs nun Richtung Altar schritten. Penny rutschte der Magen zwischen die Knie. Sie saß in der Falle.

Sie und die beiden anderen setzten sich wieder und Quincy flüsterte: »Willst du reden?«

Penny schüttelte den Kopf.

»Wenn du mich brauchst, ich bin da«, raunte er und drückte aufmunternd ihren Arm.

Wenn sie Quincy sagte, dass sie dringend hier wegmusste, würde er sich notfalls mit ihr quer durch den Mittelgang pflügen. *Genau wie Scott. Aber wenn er mich so aufgelöst sehen würde, würde er mich vermutlich tragen.*

In ihrer Kehle bildete sich ein dicker Kloß. Wenigstens hatte sie jetzt, wo die Trauung anfing, einen guten Vorwand für ihre Tränen. Jeder wusste, dass sie auf Hochzeiten weinte.

»Sag mir, was los ist«, flüsterte Finlay.

»Nichts.«

Finlay schürzte die Lippen und kniff die Augen zusammen. Penny wusste, dass ihre große Schwester diesen Gesichtsausdruck für einen finsteren Blick hielt. Sie hatte es nie übers Herz gebracht, Finlay zu sagen, wie wenig ihr das glückte. Mit dieser Schnute sah sie aus wie eine blonde Fee, die auf einen Kuss wartete, den sie gar nicht wollte.

Glücklicherweise begann jetzt der Einzug der Hochzeitsgesellschaft, und Finlay drehte sich so, dass sie zuschauen konnte, wie ihre Schwiegereltern den Mittelgang entlanggingen. Das gab

Penny ein wenig Zeit, sich zu fassen. Sie atmete tief durch und dachte an Scott. Auf der Fahrt hierher hatten sie vereinbart, mit ihren Problemen keinen Schatten auf Sarahs Hochzeit zu werfen. Gleich nach ihrer Ankunft war Dixie zu ihnen geeilt, um Scott zu Sarah zu bringen. Er hatte Penny in seine Arme gezogen, sie fester gedrückt als je zuvor und gesagt: *Versprich mir einen Tanz.* Das hatte sie getan. Doch als er gegangen war, war ihr zumute gewesen, als hätte sie ihm einen *letzten* Tanz versprochen, und ihr Herz war erneut in tausend Scherben zersprungen.

Der Kloß in ihrer Kehle dehnte sich schmerzhaft aus, und sie versuchte, sich auf Red und Biggs an der Spitze der kleinen Prozession zu konzentrieren. Red sah wunderschön aus in dem bodenlangen roséfarbenen Kleid mit kurzen Spitzenärmeln, das ihr feuerrotes Haar ganz wunderbar zur Geltung brachte. Und Biggs war einfach umwerfend in seinem schwarzen Anzug und der Fliege, die teilweise von seinem langen, von Grau durchzogenen Bart verdeckt wurde. Seit einem Schlaganfall vor ein paar Jahren benutzte er zum Gehen einen Stock. Pennys Gedanken wanderten zurück zu der Zeit nach dem Autounfall, als auch Scott einen Stock gebraucht hatte. Sie konnte sich an kein einziges Mal erinnern, an dem er sich über die Schmerzen beklagt hätte. Als sie vom Ausmaß der Misshandlungen in seiner Kindheit erfahren hatte, war ihr der herzzerreißende Gedanke gekommen, dass die Verletzungen von seinem Unfall wahrscheinlich weniger schmerzhaft waren als die Schläge und Demütigungen damals. Denn die Unfallverletzungen waren nicht von jemandem verursacht worden, der ihn hätte lieben sollen.

Aus dem Augenwinkel nahm Penny eine Bewegung wahr und stellte fest, dass sie ins Leere gestarrt hatte. Sie musste dringend ihr Gehirn ausschalten, denn schon wieder liefen ihr Tränen über die Wangen. Hastig wischte sie sie weg und richtete den Blick wieder auf den Mittelgang. Jetzt kamen Dixie, Bradley und Maggie Rose. Dixie, eine große, schlanke Rothaarige, sah in ihrem blassrosa Kleid mit überkreuztem Mieder und einem fließenden, knielangen Rock heute besonders elegant aus. Bradley war einfach zu niedlich in seinem Anzug und seiner Fliege. Er hielt den Griff der weißen Cinderella-Hochzeitskutsche mit einem Dach aus Spitzenstoff, die Bear für ihn gebaut hatte, damit er Maggie Rose darin zum Altar ziehen konnte. Die Kutsche hatte große weiße Räder und war mit rosafarbenen Rosen geschmückt. Die weißen Seidenkissen, auf denen Maggie Rose saß, waren mit bauschigem weißem und rosafarbenem Tüll gesäumt. Die Kleine trug ein hübsches weißes Spitzenkleidchen und ein Stirnband mit aufgestickten Stoffblumen. Ein absolut hinreißendes Bild.

»Nicht rennen, Tante Dixie«, flüsterte Bradley laut.

Die Gäste glucksten und Bradley zog stolz die Kutsche weiter. Dabei winkte er allen zu, die er kannte. »Hallo, Tante Finlay! Hallo, Lulu! Hi, Penny …«, rief er und erntete damit noch mehr Lacher. Hinter ihnen hielt Josie Lila an der Hand. Lila sah in ihrem weißen Kleid mit dem bauschigen Rock und der rosa Schleife in ihrem feinen blonden Haar aus wie eine kleine Prinzessin. Und dann die wunderhübsche Josie in ihrem blassrosa Kleid! Ihr liebevoller Blick war auf Jed und Hail gerichtet, was Penny sofort noch mehr Tränen bescherte.

Kurz vor dem Altar hob Red Maggie Rose aus der Kutsche, und sie und Biggs setzten sich mit den Kindern ganz vorne hin, während Dixie und Josie ihren Platz gegenüber den Whiskey-Männern vor dem Pavillon einnahmen.

Es gab einen kurzen Moment der Stille. Dann erklang »A

Thousand Years« von Christina Perri und Scott und Sarah traten aus der Villa. Pennys Herz machte einen Sprung. Sarah trug einen Traum von einem Hochzeitskleid, aber Pennys Blick hing wie gebannt an dem Mann, der stolz an Sarahs Seite stand. Dem Mann, bei dem Penny das Gefühl hatte, dass sie ihn seit tausend Jahren liebte und noch eine Milliarde Jahre länger lieben wollte. Scotts Blick traf ihren und fiel auf ihre tränennassen Wangen. Seine Brauen zogen sich zusammen, in seinen schönen Augen vermischten sich Liebe und Traurigkeit, und Penny schluchzte auf. Sie legte eine Hand auf ihren Mund, und Scott ließ sie nicht aus den Augen, bis er an ihr vorbei war. Sie wollte ihn von ganzem Herzen. Sie wollte alles mit ihm – ihr gemeinsames Baby, ein Jawort vor all ihren Freunden, eine Zukunft mit Pfannkuchen zum Frühstück und Bootsausflügen. Sie wollte Scott all die Liebe geben, die ihm als Kind gefehlt hatte, und noch Unmengen mehr, sodass er sie spürte, selbst wenn Kontinente zwischen ihnen lagen.

Quincy berührte ihren Arm und flüsterte: »*So* sieht Liebe aus.«

Sie wusste, dass er damit die Art meinte, wie Bones Sarah anschaute, als sie ihm gegenübertrat. Aber Penny hatte nur Augen für Scott, der jetzt neben Josie stand, dabei aber immer nur *sie* ansah. Ihr Herz sehnte sich schmerzhaft nach der Liebe, die sie beide verband.

Scott glaubte vielleicht nicht, dass er ein guter Vater sein würde, doch sie wusste tief in ihrer Seele, dass es kaum einen besseren geben konnte. Aber noch lauter als alles andere sprach die Stimme der Liebe zu ihm in ihr. Jetzt war sie froh, dass sie ihm noch nichts von dem Baby erzählt hatte. Scott war ein Ehrenmann, der ihr und dem Kind gegenüber seine Pflicht erfüllen würde. Aber Pflichterfüllung wollte sie nicht. Sie wollte keinen Ehemann und keinen Vater für ihr Kind, der das Gefühl hatte, in der Falle zu sitzen. Heute Morgen hatte sie einen Fehler gemacht und ganz egoistisch versucht, ihn dazu zu bringen, sich so zu sehen, wie sie ihn sah. Sie hatte seine Meinung ändern wollen.

Schützend legte sie eine Hand auf ihren Bauch und traf die schwerste Entscheidung ihres Lebens.

Sie würde es schaffen, ihr Kind allein großzuziehen, auch wenn sie sich ohne Scott nie wieder ganz fühlen konnte. Aber Scott in eine Rolle zu drängen, die ihm grauenhafte Angst machte, würde sie sich niemals verzeihen.

Penny schluchzte auf und Finlay drückte ihre Hand. Was sie zu tun hatte, wusste sie jetzt. Sie hoffte nur, dass sie es überleben würde.

Sechs

Die Zeremonie war wunderschön und gerade lang genug, um wirklich alle zu Tränen zu rühren. Sarah weinte, während sie und Bones ihr Gelübde ablegten. Die Liebe in ihren Stimmen war so tief und stark, sie war mit Händen zu greifen. Jedes Mal, wenn sich Pennys und Scotts Blicke trafen, wurde der Schmerz in Pennys Brust noch schneidender. Gegen ihre Tränenströme kam sie längst nicht mehr an und gab den Kampf auf.

Nach der Zeremonie holte Hawk Pennington, ein gesuchter Fotograf und ebenfalls ein Dark Knight, die Hochzeitsgesellschaft für Fotos in den parkartigen Garten. In den steinernen Kolonnaden wurden bereits Cocktails serviert, Musik von einem DJ wehte durch die Luft, die Gäste unterhielten sich, genossen die Drinks und Häppchen und ein paar tanzten bereits ausgelassen. Feierlich gedeckte Tische mit kunstvollen Blumendekorationen umgaben die Tanzfläche, in prächtigen Pflanzgefäßen aus Metall und Stein entlang der Kolonnaden blühten rosa und weißen Rosen. Um die Steinsäulen wanden sich weiße Lichterketten und zwischen den Säulen bildeten sie ein schimmerndes, funkelndes Dach. Der ganze Anblick war einfach magisch.

Penny stand bei ihren Freundinnen und Freunden und

hörte zu, wie sie sich über die Hochzeit unterhielten. Immer wieder huschte ihr Blick dabei zu Scott. Die Hochzeitsgesellschaft wurde jetzt paarweise fotografiert, nur er war allein, und sie sehnte sich danach, an seiner Seite zu sein. Selbst aus dieser Entfernung konnte sie an seiner Körpersprache erahnen, wie gezwungen er lächelte. Sie hatte Gewissensbisse, weil nun dunkle Wolken einen Tag trübten, der einer der schönsten seines Lebens hätte werden sollen.

»Apropos großartig«, sagte Gemma und riss Penny aus ihren Gedanken. Gemma trug ein tannengrünes Kleid, das ihre zierliche Figur umschmeichelte, und war darin noch hübscher als sonst. Das braune Haar hatte sie sich kunstvoll aufgesteckt. »Roni hat uns gerade erzählt, dass du nächstes Jahr beim Dessertfestival dabei bist. Wie aufregend! Warum hast du gestern Abend denn nichts davon gesagt?«

»Am liebsten hätte ich es wirklich gleich brühwarm erzählt und bin fast geplatzt, aber es war Bones' und Sarahs Abend, und ich wollte mich nicht in den Vordergrund drängen.« Das entsprach nicht ganz der Wahrheit. Natürlich hatte sie allen davon vorschwärmen wollen, was Scott Wunderbares für sie getan hatte, aber vor allem hatte die Schwangerschaft sie beschäftigt. Das Einzige, was sie gestern Abend wirklich hatte sagen wollen, war *Ich liebe dich* zu Scott und *Wir bekommen ein Baby.*

Zum Glück hatte sie diese Neuigkeit am Ende doch nicht ausgeplaudert.

»Ich habe Scott eine Kopie des Artikels gegeben, den ich vor ein paar Jahren für die Gemeindezeitung über Luscious Licks geschrieben habe, und Tru und ich haben dich in unserer Bewertung in den höchsten Tönen gelobt.« Gemma warf einen Blick zu Kennedy und Lincoln, die auf der Tanzfläche um

Truman herumwirbelten. »Wir haben Alyssa von den speziellen Eisbechern erzählt, die du aus dem Stand für die Kinder zauberst, und dass du dir immer Zeit für einen kleinen Plausch mit ihnen nimmst.«

»Und Dixie und ich sind ihre Fotos durchgegangen und haben Aufnahmen von deinen Eisständen bei einigen Spendenaktionen herausgesucht«, sagte Tracey, die in ihrem kurzen blauen Neckholder-Kleid einfach zum Anbeißen aussah. Es war überraschend sexy für eine Frau, die weitaus zurückhaltender war als ihre schlagfertige Mitbewohnerin und Kollegin bei Whiskey Bro's Izzy, deren eng anliegendes gelbes Kleid ihre Kurven wunderbar betonte.

»Moment mal. Ihr wusstet von Scotts heimlichen Aktivitäten?« Der Aufwand, den Scott betrieben hatte, verblüffte sie. »Ich habe weder die Bewertungen noch die Bilder oder sonst was gesehen, was er geschickt hat. Die ganze Sache war eine Überraschung. Danke, dass ihr ihm geholfen und so schöne Dinge über mich geschrieben habt.«

»Wir wussten alle davon, Pen. Jeder hat dazu beigetragen, und du hast jedes einzelne Kompliment verdient und noch viel mehr«, sagte Quincy. Mit dem nach hinten gegelten Haar und dem eleganten dunklen Anzug machte er eine sehr gute Figur. Er hatte einen Arm um Roni gelegt. In ihrem geblümten Kleid und mit dem braunen Haar, das ihr offen über die Schultern floss, fand Penny sie heute ganz besonders schön. »Scott hat dieser Frau keine Ruhe gelassen. Er ist ganz verrückt nach dir, Pen.«

Quincy hielt ihren Blick fest, und sie wusste, dass er seinen Worten damit Nachdruck verleihen wollte. Direkt nach der Zeremonie hatte er sie beiseitegenommen und noch einmal versucht, sie dazu zu bringen, sich ihm anzuvertrauen. Sie wollte nicht wieder in Tränen ausbrechen, aber sie wollte auch nicht lügen, also hatte sie ihm gesagt, dass Scott und sie sich an diesem Morgen gestritten hätten. Ihr war klar, dass er ihr das nicht abnahm, denn sie und Scott stritten sich nie. Sie besprachen immer alles, was es zu besprechen gab, bis sie sich wieder einig waren. Nur eben nicht bei den wirklich wichtigen Dingen: Liebe, Ehe und Babys. Diese Themen hatten sie immer an den Rand ihrer Beziehung geschoben. Zum Glück kannte Quincy sie gut genug. Er hatte gemerkt, dass sie im Augenblick nicht darüber reden wollte, und gesagt: *Wann immer du sie brauchst, meine Schulter ist da.* Als er sie umarmt hatte, hatte sie neue Tränen unterdrücken müssen.

Inzwischen war es ihr endlich gelungen, die Schleusen zu schließen. Und sie hoffte, dass das auch für den Rest der Feier so bleiben würde.

»Das weiß ich«, sagte sie und musste an Scotts Worte denken. *Ich liebe dich mit jeder Faser meiner Seele, Penny. Du bist das verdammte Auge meines Sturms. Mein sicherer Hafen. Die Welt um mich herum könnte explodieren, aber wenn ich dich ansehe, wenn ich deine Stimme höre und deine Berührungen spüre, ist alles andere egal.* Aber jetzt waren andere Dinge doch wichtig. Zum Beispiel das Leben, das sie in ihr erschaffen hatten.

»Das muss ich Scott lassen. Er ist ein echter Fuchs. Ich wette, meine Bewertung war das Sahnehäubchen. Ich habe über die Eisbecher geschrieben, für die du keine Werbung machst.« Izzy ließ die dunklen Brauen tanzen. »Wie den Triple O und den Heavenly Hookup.«

»Bei solchen Bewertungen ist es ein Wunder, dass sich A-lyssa Braden nicht sofort nach Peaceful Harbor aufgemacht hat, um sich die Single-Männer dort aus der Nähe anzusehen«, sagte Tracey.

Alle lachten, auch Penny. Und herrje, dieses Lachen hatte sie dringend gebraucht.

Izzy stieß Tracey an und sagte: »Wo wir gerade von unvergebenen Männern sprechen, Mr. Hard Body sieht in seinem Anzug ziemlich lecker aus.«

Penny folgte Izzys Blick zu Desmond »Diesel« Black, der mit stoischer Miene über die Tanzfläche schritt und offenbar Tracey im Visier hatte. Diesel war Barkeeper im Whiskey Bro's und ein Nomad Dark Knight. Sein schickes weißes Hemd spannte sich über seinem gewaltigen Bizeps und seiner Brust, und seine muskulösen Oberschenkel drohten, die Anzughose zu sprengen. Diesel war kein Mann vieler Worte. Er brummte mehr, als dass er sprach, und Penny fand, er sah aus, als wollte er sich Tracey über die Schulter werfen und sie in seine Höhle schleppen.

»Wow. In so einem Anzug macht er wirklich was her.« Roni schaute Quincy liebevoll an. »Aber kein Vergleich zu meinem Prachtkerl.«

Tracey fixierte Diesel, als sähe sie ihn gerade zum ersten Mal.

»Hast du eigentlich rausgefunden, warum er wissen wollte, ob du ein Date für die Hochzeit hast?«, fragte Gemma.

Tracey schnaufte genervt, ließ Diesel aber nicht aus den Augen. »Sobald ich gelernt habe, ein Brummen zu entziffern, verrate ich es dir gerne.«

»Onkel Diesel!« Kennedy hüpfte in ihrem blauen Rüschenkleid und ihren Spangenschuhen zu ihm. Seine steinernen Gesichtszüge wurden auch dann nicht weicher, als die Kleine seine Hand nahm und ihn mitten auf die Tanzfläche zog.

Ein paar Schritte weiter stand Lincoln auf Trumans Füßen und hielt sich an seinen Händen fest. So tanzten die beiden lachend miteinander. Bei dem Anblick wurde Penny ganz warm ums Herz, und sie stellte sich vor, wie Scott eines Tages mit ihrem Kind auch so tanzen würde. Der Kloß in ihrem Hals kehrte in voller schmerzhafter Größe zurück. Warum spielte sie überhaupt mit solchen Gedanken?

Während die anderen sich weiter unterhielten, schaute Penny hinüber zum Garten und sah, dass Scott direkt auf sie zusteuerte. Sein Kiefer war angespannt, das Kinn hatte er gesenkt und ihr Magen schlang sich zu einem Knoten.

Roni rückte näher. »Er sieht aus wie ein Mann mit einer Mission.«

Scott bewegte sich mit Riesenschritten auf sie zu. Und je näher er kam, desto nervöser wurde Penny. Sie sagte sich, dass sie sich zusammenreißen und keine Szene machen sollte. Aber ihr war übel, und sie wusste nicht, ob das an der Schwangerschaft lag, oder daran, dass sie beschlossen hatte, das einzig Richtige zu tun. Sie hatte Angst, dass alles einfach aus ihr herausquellen würde, wenn sie jetzt den Mund aufmachte.

Panik stieg in ihr auf, und sie wandte sich ein wenig von Scott ab, um sich irgendwie im Griff zu behalten. Im selben Moment sauste Lincoln von der Tanzfläche und rief: »*Tanzenhübse!*« Er packte Roni an der Hand und zog sie hinter sich her.

Penny fixierte eine Stelle vor ihren Füßen und versuchte, sich zu beruhigen.

»Holla, kleiner Kerl, immer klaust du mir mein Mädchen«, scherzte Quincy. »Hey, Pen?« Er berührte sie am Arm. »Du siehst nicht gut aus. Ist alles in Ordnung?«

Sie wusste, was sie zu tun hatte, und nahm ihren ganzen Mut zusammen. »Nein, aber es wird hoffentlich bald wieder besser.« Als Scott in den Säulengang trat, nickte sie Quincy zu und sagte: »Halt mir einen Platz an deiner Schulter frei.«

In Scott braute sich ein Sturm zusammen, und wenn er ihn nicht aufhielt, würde er darin untergehen. Penny während der Zeremonie weinen zu sehen, war pure Folter gewesen. Vor allem, weil er wusste, dass es seine Schuld war. Er hatte sie in die Arme nehmen und sich für die Hölle entschuldigen wollen, die er ihr bereitet hatte. Als er dann auch noch ohne sie für die Familienfotos hatte posieren müssen, hatte er sich fehl am Platz und leer gefühlt. Er konnte es nicht mehr ertragen.

»Hey, Sweets«, sagte er barsch. »Kommst du bitte mit?«

Er griff nach ihrer Hand, und als sie seine nahm, erreichte das Lächeln, das normalerweise den ganzen Raum erhellte, kaum ihre Augen. Der Anblick schnitt ihm ins Herz wie ein Messer. Sie ging mit, doch ihre Berührung fühlte sich anders an, und auch ihre Ausstrahlung hatte sich verändert. So als hätte sie bereits eine Mauer zwischen ihnen errichtet.

»Wohin gehen wir?«, fragte sie auf dem Weg über den Rasen mit gequälter Stimme.

»Ich will dich mit auf den Fotos haben.«

»Wie bitte?« Penny blieb wie angewurzelt stehen, Tränen schossen ihr in die Augen. »Nein.« Sie trat einen Schritt zurück und schüttelte den Kopf. »Ich kann nicht mit dir und deiner Familie auf den Fotos sein, wenn ich nicht mal weiß, ob wir morgen überhaupt noch zusammen sind.« Ihre Stimme wurde lauter und die Tränen flossen. »Ich kann nicht ... ich kann das nicht mehr.«

»Ich auch nicht, Pen. Ich ...«

»Nicht!«, schrie sie schluchzend. »Sag es nicht.« Sie drehte sich um und stakste von ihm und den anderen Gästen weg.

Er eilte ihr nach, nahm sanft ihre Hand und sagte: »Bitte, hör mir zu.«

»Ich kann das nicht hier tun«, zischte sie. »Ich will nicht, dass alle mitkriegen, wie du mit mir Schluss machst. Ich weiß, dass du keine Kinder willst, und du weißt, dass ich welche möchte. Und ich liebe dich zu sehr, um dir ein Leben aufzuzwingen, zu dem du nicht bereit bist.« Ein Schluchzen brach aus ihr heraus und sie bedeckte ihr Gesicht mit den Händen. Durch ihre Finger hindurch stieß sie hervor: »Gott! Sag es einfach. Bring es hinter dich.«

»Sweets, es tut mir so leid, dass ich dich zum Weinen gebracht habe.« Er schloss ihren bebenden Körper in seine Arme, sein Herz schwoll an und brach zugleich. »Ich will nicht Schluss machen. Ich kann mir keinen einzigen Tag ohne dich vorstellen, geschweige denn ein ganzes Leben.«

Sie schien den Atem anzuhalten, ihr Gesicht war noch immer an seiner Brust vergraben. Dann hob sie den Kopf. Ihre verquollenen Augen blickten verwirrt, ihre Nase war gerötet, ihre Wangen waren nass wie von einem Platzregen. »Was?«

Er nahm ihr Gesicht zwischen seine Hände und wischte mit den Daumen ihre Tränen weg. Sein Herz klopfte so heftig, dass er sicher war, dass sie es zwischen ihnen pochen spürte. »Meine Angst, wie mein Vater zu werden, ist so groß, dass ich damit fast das Beste, was ich je hatte, kaputtgemacht hätte. Aber ich werde nicht zulassen, dass dieser Scheißkerl mir noch einmal etwas wegnimmt. Ich liebe dich so verdammt sehr, Penny. Ich wollte dich nie verletzen oder enttäuschen, und heute ist mir klar geworden, dass ihr recht habt, du und meine Schwestern. Ich liebe Kinder. Ich liebe ihr Lächeln, ihr Lachen und wenn sie kuscheln wollen. Ich liebe sie zu sehr, um ihnen jemals wehzutun. Aber die Angst ist real, Penny, und ich kann sie nicht einfach abschalten. Als ich da drüben gestanden habe, mit all den Männern, ihren Frauen und Kindern, ist mir aufgegangen, dass ich sie gar nicht abschalten muss. Meine Angst ist die Lösung, nicht das Problem.«

»Das verstehe ich nicht.« Sie blinzelte. »Was willst du damit sagen? Welche Lösung?«

»Ich sage, dass ich, anstatt der Angst nachzugeben und zuzulassen, dass sie uns kaputtmacht, zur Therapie gehe, rausfinde, wo diese Angst begraben ist, und das Mistding ausgrabe. Und dann werde ich sie Stück für Stück auseinandernehmen, bis ich meinen ganzen Mist im Griff habe.«

Hoffnung trat in ihren Blick und brachte zugleicht weitere Tränen. »Das willst du tun? Wirklich?«

»Ja. Ich liebe dich, Penny. Du bist mein Seelenmensch, meine beste Freundin, mein Auge jedes verdammten Sturms. Ich will unsere Kleider zusammen in einem Schrank und eine Kommode nur für dich. Ich will kleine Mädchen, die mich um ihre zarten Finger wickeln, ihre Haare mit bunten Spangen und Trinkhalmen hochstecken und Liebe verteilen, als hätten sie einen endlosen Vorrat. Ich will kleine Jungs, die durch die Wälder rennen, von Stegen ins Wasser springen und ihre Schwestern vor Schlangen und Gemeinheiten schützen, sie aber nie vor mir beschützen müssen.«

Ihre Tränen flossen über seine Daumen und ein Schluchzen kam über ihre Lippen.

»Ich bin ganz und gar dabei, Süße. Ich will alles von dir und werde alles geben, um der Mann zu werden, den du verdienst.«

»Oh, Scotty!« Sie warf ihre Arme um ihn und schluchzte an seiner Brust. »Dieser Mann warst du schon immer.«

Sie klammerte sich an ihn, als wollte sie sich tief in ihm vergraben. Aber da war sie schon. Sie war ein Teil von ihm wie die Luft, die er atmete. Sie war es, die den Sturm in ihm besänftigte.

»Meinst du, du kommst klar, wenn *alles von mir* noch ein bisschen mehr wird?«, fragte sie, und nahm seine Hand. Er machte ein verwirrtes Gesicht und sie legte mit einem hoffnungsstrahlenden Lächeln seine Hand auf ihren Bauch.

Schlagartig ging ihm auf, was sie ihm sagen wollte. »Du bist … Wir sind …?« Freude und Angst vermischten sich und verschlugen ihm die Sprache.

»Ja. Ich habe drei Tests gemacht.«

Drei Tests. »Wir bekommen ein Baby?«

Sie nickte. Sie bekam ein Baby. Sein Baby. Ihr Baby.

Unser Baby.

Du bekommst unser Baby.

Heilige Scheiße, wir bekommen ein Baby.

Bilder von kleinen Pennys mit strahlendem Lächeln und liebenden Herzen blitzten in seinem Kopf auf und wie Kryptonit bei Superman verdrängte das Glück seine Angst. »Wir bekommen ein Baby!«, stieß er hervor. Penny lachte, als er sie von den Füßen hob und seine Lippen auf ihre presste.

»Gott, ich liebe dich«, sagte er zwischen zwei Küssen. »Ein Baby. Wir bekommen ein Baby!«

Er konnte kaum glauben, wie sehr er sich freute und wie *frei* er sich fühlte. Er küsste sie noch einmal, diesmal länger, und als der Rest der Welt wieder ins Blickfeld rückte, drangen Jubelrufe und Applaus durch den Dunst aus Fassungslosigkeit und Freude. Ein wenig benommen nahm er wahr, dass sie von ihren Familien und Freunden umgeben waren, dass alle klatschten und sich freuten. Seine Schwestern und mindestens die Hälfte der anderen Frauen weinten gerührte Tränen und Hawk hielt alles mit der Kamera fest. Scott schaute in die Runde, stellte

Penny auf die Füße und zog sie an sich.

Kennedy kam angesaust und rief: »Ich will den Namen aussuchen!«

Er und Penny lachten, und er schaute in ihre wunderschönen blitzenden Augen. »Sollen wir das wirklich einer Fünfjährigen überlassen?«

»Wie schlimm kann es werden? Sie hat auch Tallulah ausgewählt.«

»Jetzt ist Moana mein Lieblingsname!«, erklärte Kennedy.
Alle lachten.

»Willst du deine Antwort vielleicht noch mal überdenken?«, fragte Scott Penny.

Penny schlang beide Arme um ihn und sagte: »Solange ich dich und unser Baby bekomme, ist alles andere nicht wichtig.«

»Babys, mein Schatz.« Er küsste sie. »Wir haben zu viel Liebe in unseren Herzen, um sie dort zu horten.«

Viel, viel später – sie hatten sich bei Sarah und Bones dafür entschuldigt, dass sie an ihrem großen Tag so viel Aufmerksamkeit auf sich zogen, waren von einer Gratulationsumarmung zur nächsten gereicht worden, hatten für viele Fotos posiert, die Hawk auf Bitten von Sarah und Bones zur Erinnerung an diesen besonderen Tag für Penny und Scott schoss – schwebte Penny noch immer auf Wolke sieben. Es gab Trinksprüche, Reden und Glückwünsche, dann tanzten Sarah und Bones ihren ersten Tanz zu »It's You« von Maggie Rose, der Sängerin, nach der sie ihre Tochter benannt hatten. Und nach dem köstlichen Festessen führte Scott Penny ebenfalls auf die Tanzfläche.

Als er sie in die Arme nahm und ihr liebevoll in die Augen schaute, sah sie, dass die Schatten in seinem Blick verschwunden waren. Er wirkte viel gelöster und glücklicher. Auch in seiner Umarmung spürte sie es. Tief in ihm waren Fesseln abgefallen. So als hätte seine Bereitschaft, sich seinen Ängsten zu stellen, sie zerschnitten.

»Erinnerst du dich an unser erstes richtiges Date?«, fragte er.

»Wie könnte ich das je vergessen? Das war der Tag, an dem du mich in dein Herz gelassen hast.«

An einem kühlen Sonntag Anfang November waren sie mit seinem Boot nach Capshaw Island gefahren, einem kleinen Fischerort mit wilden Ponys, einem Tierschutzgebiet und wenig Kommerz. Sie waren durch den Ort spaziert und an den Strand gegangen. Dort hatten sie sich in Decken gehüllt aneinander gekuschelt und lange den Ponys zugesehen, die frei umherliefen. Sie würde nie vergessen, wie er langsam lockerer geworden war und die Anspannung losgelassen hatte, von der sie bis zu diesem Moment am Strand noch kaum etwas geahnt hatte. Jetzt wusste sie, dass genau diese Anspannung ihm Tag für Tag im Nacken gesessen hatte. Bis vor wenigen Stunden. Bei dem Ausflug auf die Insel hatte er ihr zum ersten Mal von den Misshandlungen erzählt, die er und Sarah erlitten hatten. Von der Angst, mit der er und seine Geschwister gelebt hatten. Und von seinen Schuldgefühlen, weil er Sarah nicht vor dem Zorn ihrer Eltern hatte schützen können und Josie nicht vor dem vielen Streit, den sie hatte miterleben müssen.

Er wiegte sich mit ihr zur Musik, legte sanft die Lippen an ihre und sagte: »Mir ist jetzt klar, dass ich dich nie ganz an mich herangelassen habe. Ich habe wie in einem Panzer gelebt, weil ich alle vor mir schützen wollte, für den Fall, dass mein Vater in mir steckt. Aber als ich endlich kapiert habe, dass ich dich verliere, wusste ich, dass ich mich von dem Panzer befreien und tief in mich hineinschauen muss. Meinen Vater habe ich dort nicht gefunden, nur die brutale Angst, so zu werden wie er. Und die hat mich fast aufgefressen. Ich habe sie so lange mit mir herumgeschleppt, dass ich gar nicht mehr wusste, dass es auch anders sein kann. Aber das geht! Deine Liebe hat mich befreit. Ich werde alles tun, was ich versprochen habe, auch wenn das für keinen von uns leicht wird. Danke, dass du etwas in mir gesehen hast, was ich mir selbst nie zugestanden habe. Es tut mir nur sehr, sehr leid, dass ich so lange gebraucht habe, um an diesen Punkt zu kommen.«

Sie hätte nie geglaubt, dass es möglich war, ihn noch mehr zu lieben, als sie es bereits tat. Doch sie hatte sich geirrt. »Ich hätte ewig auf dich gewartet, Scotty, selbst wenn wir dafür in getrennten Häusern hätten leben und unser Kind gemeinsam, aber getrennt hätten aufziehen müssen. Tief in meinem Herzen wusste ich, dass du dich eines Tages so sehen würdest, wie ich es immer getan habe, und dann wärest du zu uns zurückgekommen. Dieser Tag ist nur viel früher da, als ich je zu hoffen gewagt habe. Jetzt ist er hier und ich bin so unendlich glücklich.«

Er lehnte die Stirn an ihre und sagte zärtlich: »Ich liebe dich, Sweets.« Er hörte auf zu tanzen, ging vor ihr in die Hocke und legte seine Hände auf ihren Bauch. »Ich werde der beste verdammte Daddy sein, den die Welt je gesehen hat.«

Dann drückte er ihr einen Kuss auf den Bauch und Penny stiegen Tränen in die Augen. Unter den funkelnden Lichtern in den Kolonnaden, umgeben von den Menschen, die sie am meisten liebten, blieb die Zeit einen Moment lang stehen. Vor ihnen lag ein Leben voller Liebe, und Penny wusste, dass sie gemeinsam die Höhen, die Tiefen und alles, was dazwischen lag, bewältigen konnten.

Sieben

Der Duft von geschmolzener Butter wehte ins Wohnzimmer und ließ Penny das Wasser im Mund zusammenlaufen. Mit der Fernbedienung zappte sie sich in eine romantische Komödie. In der vierzehnten Schwangerschaftswoche war vor ihren Gelüsten nichts sicher. Nichts Süßes, nichts Saures und schon gar nicht ihr sehr appetitlicher Freund.

Zwei Monate waren seit Bones' und Sarahs Hochzeit vergangen, sieben Wochen, seit Penny bei Scott eingezogen war, und zwei, seit sie gemeinsam zum ersten Mal den Herzschlag ihres Babys gehört hatten. Sie legte die Hand auf ihren ganz kleinen Babybauch und dachte daran, wie sie und Scott geweint hatten, als sie das kleine Herz gehört hatten. Damit, dass Scott auch weinen würde, hatte sie nicht gerechnet. Aber in letzter Zeit überraschte er sie ständig. Kein Tag verging, an dem er nicht ihren Bauch küsste oder mit dem Baby sprach. Sogar über Farben für das zweite Schlafzimmer dachte er schon nach und wollte daraus ein Kinderzimmer machen.

»Wird das Popcorn?«, rief sie in die offene Küche, wo er ihr eigentlich eine Schale Eiscreme hatte holen wollen.

»Ja. Möchtest du was davon zu deinem Eis?«

Sie drehte sich um und sah ihn an. Ohne Hemd stand er

hinter der halbhohen Wand, die die Küche vom Wohnbereich trennte, und sie hätte schwören können, dass er jeden Tag noch besser aussah.

»Ja, bitte. Bringst du mir auch gleich noch Heidelbeeren mit?«

Er lachte. »Geht klar, Sweets.« Sein Blick wanderte über ihren Körper. Sie trug immer noch die schulterfreie rosa Bluse und den schwarzen Minirock, die Sachen, die sie bei Ronis großartigem Solo-Tanzauftritt heute Abend getragen hatte. »Mm-mm. Ich bin ein beneidenswerter Mann. Du bist einfach die Schönste.«

»Du bist auch ganz erträglich.« Sie hauchte ihm einen Kuss zu.

»Ich habe mir einen neuen Eisbecher für dich ausgedacht.«

Er hatte immer wieder Ideen für ihr Eiscafé. Seine neueste war der Wir-kriegen-ein-Baby-Becher, ein Bananensplit, der wie ein Kinderwagen aussah, mit Oreos als Rädern.

»Super! Wenn das so weitergeht, muss ich eine größere Tafel für den Laden kaufen. Was ist denn in dem Eisbecher drin?«

»Zeig ich dir gleich. Augenblick.«

Sie konnte kaum glauben, mit welcher Begeisterung er sich in die Vaterschaft stürzte, und in anderer Hinsicht hatte er sich auch verändert. Er war offener und sprach, anders als früher, viel über die Zukunft. Und selbst im Bett war manches neu. Mal war Scott noch liebevoller und zärtlicher, und mal war er animalisch, ein bisschen rau und experimentierfreudig. Sie fand beides aufregend und wunderbar. Penny nahm an, dass die Veränderungen mit seinem wachsenden Vertrauen zu sich zu tun hatten. Zudem war die Nähe zwischen ihnen seit Beginn der Therapie in der Woche nach ihrem Einzug noch größer geworden.

Zu seiner ersten Sitzung war er allein gegangen und hatte sie danach gebeten, ihn zu begleiten. Quincy und Roni hatten sie gewarnt. Die beiden wussten aus eigener Erfahrung, wie schmerzhaft es sein konnte, wenn bei einer Therapie verdrängte Erinnerungen und Gefühle ans Licht kamen. Trotzdem war Penny nicht darauf vorbereitet gewesen, wie weh es tat, dabei zu sein, wenn Scott seine schreckliche Kindheit und Jugend noch einmal durchlebte. Gleichzeitig war sie sehr froh, dass er ihr erlaubte, ihm beizustehen. Schritt für Schritt lernten sie gemeinsam, seine Vergangenheit zu bewältigen, damit der Weg für ihre Zukunft frei wurde. Sie verstand nun viel besser, weshalb er den Panzer getragen hatte, von dem er bei der Hochzeit gesprochen hatte, und weshalb es so schwierig gewesen war, ihn abzulegen.

Wie mutig Scott war, wusste sie schon lange, doch die Therapie erforderte eine andere Art von Mut und Stärke. Zum Glück zeigte sich auch hier wieder, dass es nichts gab, was Scott Beckley nicht schaffen konnte.

»Ist das wieder so ein Lächeln voller Gelüste?«, fragte er.

Sie hatte gar nicht gemerkt, wie sie ihn anschaute. »Ja, aber nicht auf Essen.« Sie fühlte sich frech und unternehmungslustig. »Vielleicht bringst du auch gleich die Schlagsahne mit.«

Hitze trat in seinen Blick, und sofort sah sie vor sich, wie er nackt auf der Couch lag, mit Schlagsahne auf seinem …

Stoppstoppstopp!

In letzter Zeit bekam sie einfach nicht genug von ihm. Als sie Finlay erzählt hatte, dass ihre Hormone verrücktspielten, hatte ihre Schwester gesagt: *Warte nur, bis du im vierten und fünften Monat bist. Dann wirst du ihn vierundzwanzig Stunden am Tag ans Bett fesseln wollen.*

An diesem Punkt war Penny bereits angelangt.

Scott kam aus der Küche und brachte ihr eine große Schale voll Eis, übergossen mit Karamellcreme, fantasievoll garniert mit Schlagsahne, Heidelbeeren, Schokoladenstückchen, Kirschen und Regenbogenstreuseln.

»Heiliger Strohsack, Scotty!« Um das Kunstwerk besser bewundern zu können, das er nun auf den Couchtisch stellte, setzte sie sich auf. »Hast du die ganze Sahne verbraucht?«

»Jeden Tropfen.«

»Ich hoffe, wir teilen uns das.« Sie zeigte auf den riesigen Eisbecher. »Das sieht köstlich aus. Hat er schon einen Namen?«

»Jap. Ich nenne ihn das Willst-du-mich-heiraten-Spezial.« Er ging auf ein Knie und drehte den Eisbecher ein wenig. Jetzt konnte Penny den kleinen Eisaltar mit einem Brautpaar aus Plastik sehen, das sich an den Händen hielt. Neben den beiden stand ein winziger Kinderwagen.

Pennys Kinnlade klappte herunter, ihre Augen füllten sich mit Tränen. »Oh mein Gott.«

Mit dem strahlendsten Lächeln, das sie je bei ihm gesehen hatte, nahm er ihre Hand. »Ich habe das im letzten Monat hundertmal geübt und genau gewusst, was ich sagen will. Aber jetzt rast mein Herz. Du bist so schön, und du bist hier in unserem Haus, auf unserer Couch, und du baust mit mir ein Leben auf, von dem ich nie zu träumen gewagt habe. Ich kann kaum noch klar denken.« Die Tränen, die in seinen Augen glitzerten, brachten ihre zum Fließen. »Ich will mehr, Penny. Die ganze Welt soll wissen, dass du mir gehörst und ich dir. Ich will, dass unsere Kinder mit Eltern aufwachsen, auf die sie zählen können. Die zusammen durch dick und dünn gehen. Nach dem, was wir in den letzten Monaten schon bewältigt haben, weiß ich, dass wir gemeinsam alles schaffen können. Ich möchte dich auf unserem Boot lieben, unsere Kinder mit an all die Orte nehmen, die wir gemeinsam erkundet haben, und ich möchte deine Haarklammern noch zwischen den Couchpolstern finden, wenn wir alt und grau sind.«

Ein nervöses Lachen sprudelte hervor.

»Du hast mir den Mut gegeben, ganz und gar zu lieben und der Mann zu sein, der ich immer sein sollte. Du stehst mir zur Seite und ich will für immer an deiner Seite sein. Penelope Anne Wilson, willst du mich heiraten?«

»Ja!« Sie warf ihre Arme um seinen Hals und küsste ihn innig. Der Kuss schmeckte salzig von ihren Tränen. »Ich liebe dich so sehr, Scotty. Ich kann es nicht erwarten, deine Frau zu werden.«

»Und ich kann es nicht erwarten, dein Mann zu sein.«

Er zog eine kleine schwarze Schachtel mit einer rosa Schleife hinter dem Eisbecher hervor, die er unauffällig ins Wohnzimmer geschmuggelt haben musste. »Ich weiß, dass dein Vater große und kleine Ereignisse in deinem Leben immer mit Geschenken mit rosa Schleifen gefeiert hat. Ich hoffe, das hier ist okay.«

»*Okay* ist gar kein Ausdruck«, sagte sie zittrig.

Er öffnete die Schachtel und hielt ihr einen Ring hin, der schöner und eleganter war als alles, was sie bisher gesehen hatte. Ein Kranz aus weißen Diamanten umgab einen Kranz aus schokoladenfarbenen. In der Mitte schimmerte ein wunderschöner kanariengelber Diamant.

»Scotty«, sagte sie noch zittriger als zuvor. »Der ist absolut einzigartig.«

»So einzigartig wie du.« Er steckte ihr den Ring an den Finger und sagte: »Eine Frau, die mit ihren süßen Kunstwerken aus Eiscreme Sonnenschein in das Leben so vieler Menschen bringt, verdient etwas ebenso Magisches in ihrem eigenen

Leben.«

»Ich habe schon etwas Magisches. Ich habe *dich*.«

»Und Moana«, sagte er und brachte sie damit beide zum Lachen.

»Du hast mir alles gegeben, was ich mir nur wünschen kann – einen Grund, jeden Morgen zu lächeln, wenn ich in deinen liebevollen Armen aufwache, und ein Zuhause für die glückliche kleine Familie, die wir bald sein werden.«

»Und es wird verdammt viel Spaß machen, sie noch zu vergrößern.« Er senkte seine Lippen auf die ihren und besiegelte ihre Versprechen und ihre Zukunft mit den besten nur denkbaren Küssen – den Küssen eines zukünftigen Ehepaars.

Lust auf mehr von den Whiskeys?

Falls Sie die Whiskeys schon kennen, holen Sie sich unten als Nächstes die Geschichte von Diesel und Tracey: *Running on Diesel – Harte Zeiten für die Liebe*. Falls dieses Buch Ihr erster Whiskeys-Roman ist, beginnen Sie doch mit dem ersten Band *Tru Blue – Im Herzen stark*, der Liebesgeschichte von Truman und Gemma. Wenn Sie weiterlesen, finden Sie auch einen Link zu *Von der Liebe umarmt*, dem ersten Buch meiner geliebten Serie *Die Bradens & Montgomerys*, eine weitere sündhaft sexy Serienfamilie.

Verlieben Sie sich mit Tracey und Diesel!

Desmond »Diesel« Black ist ein Nomad im Dark Knights Motorradclub. Er beschützt andere mit seinem Leben und bleibt doch immer rastlos und allein. Tracey Kline verließ ihre Familie für einen Mann, der sie körperlich und emotional gebrochen hat, daher fällt es ihr schwer, anderen zu vertrauen, und sie ist auf sich allein gestellt. Als die beiden durch eine Fügung des Schicksals aufeinandertreffen und hinter die Fassade des anderen blicken, stellt sich die Frage, ob es ihnen gemeinsam gelingen kann, alte Wunden zu heilen und sich gegenseitig Liebe und Vertrauen zu schenken.

Bestellen Sie *Running on Diesel – Harte Zeiten für die Liebe* bei Ihrem Online-Buchhändler.

Verlieben Sie sich mit Truman, Gemma, Kennedy, Lincoln und dem Rest der Whiskeys
in *Tru Blue – Im Herzen stark*

Truman Gritt würde alles tun, um seine Familie zu beschützen – und so verbringt er Jahre im Gefängnis für ein Verbrechen, das er nicht begangen hat. Nach seiner Entlassung stellt der Drogentod seiner Mutter sein Leben erneut auf den Kopf, und so übernimmt er die Verantwortung für die Kinder, die sie zurückgelassen hat. Truman ist hart, er ist verschlossen, und er versucht, einen Bruder zu retten, der mit noch mehr Problemen zu kämpfen hat als er selbst. Sein Leben lang hat Truman keine Hilfe gebraucht, und als die schöne Gemma Wright versucht, ihm unter die Arme zu greifen, reagiert er nicht gerade charmant. Aber Gemma hat ihre ganz eigene Art und schafft es schließlich, den Panzer um sein Herz zu durchdringen. Als Trumans dunkle Vergangenheit seine Zukunft in Gefahr bringt, steht seine Loyalität auf dem Prüfstand und er muss die schwerste aller Entscheidungen treffen.

Bestellen Sie *Tru Blue – Im Herzen stark* bei Ihrem Online-Buchhändler.

New York für eine Weile hinter sich zu lassen und in ihrer Heimatstadt einen Schreib-Workshop für Theaterstücke zu leiten, das scheint genau die Erholung zu versprechen, die Grace Montgomery gerade braucht. Bis ihre Schwestern sie in aller Herrgottsfrühe aus dem Bett holen, um den heißesten Typen der Stadt beim Zureiten von Wildpferden zuzusehen – und ihr bewusst wird, dass es aus hunderten Meilen Entfernung wesentlich einfacher war, dem dramenreichen Leben ihrer Schwestern zu entkommen. Zu allem Überfluss entdeckt sie unter den Cowboys auch noch den einen Mann, den sie nie wiedersehen wollte.

Früher war Reed Cross einer der führenden Experten für Denkmalpflege in Michigan, aber nachdem seine Freundin ihn mit seinem Geschäftspartner betrogen hat und sein Onkel einen Herzinfarkt erleidet, bricht Reed alle Zelte ab und kehrt nach Oak Falls zurück, um den Familienbetrieb zu übernehmen. Eine zufällige Begegnung mit Grace, seiner ersten großen Liebe, weckt Erinnerungen, denen er jahrelang zu entkommen versuchte.

Grace ist fest entschlossen, nicht wieder in Reeds Bann zu geraten – und Reed will mehr als nur einen kurzen Blick auf die Frau, die er nie vergessen hat. Als sie auf einem Fest wieder zueinanderfinden, entfacht die Leidenschaft und alte Wunden reißen auf. Grace legt Regeln für die kommenden drei Wochen fest: keine Berührungen, keine Küsse und wenn es nach ihr ginge, auch kein Luftholen mehr, denn mit jedem Atemzug stiehlt er sich wieder in ihr Herz. Aber Reed hat andere Vorstellungen …

Bestellen Sie *Von der Liebe umarmt* bei Ihrem Online-Buchhändler.

Neu bei »Love in Bloom – Herzen im Aufbruch«?

Ich hoffe, Ihnen hat es genauso viel Vergnügen bereitet, die Whiskeys kennenzulernen, wie mir, über sie zu schreiben. Falls dieser Band Ihr erstes Buch aus der Reihe »Love in Bloom – Herzen im Aufbruch« ist, warten noch jede Menge Geschichten über unsere sexy, selbstbewussten und loyalen Heldinnen und Helden auf Sie.

Die Whiskeys: Dark Knights aus Peaceful Harbor ist nur eine der Serien aus meiner großen Sammlung von Liebesromanen mit Tiefgang, Humor und Happy-End-Garantie. In allen Büchern finden Sie eine abgeschlossene Geschichte, die auch für sich allein gelesen werden kann. Figuren aus den einzelnen Serien und Büchern der weitverzweigten »Love in Bloom – Herzen im Aufbruch«-Familien tauchen immer wieder auch in den anderen Bänden auf. So verpassen Sie nie eine Verlobung, eine Hochzeit oder eine Geburt. Wenn Sie mögen, lernen Sie doch auch die anderen Serien der Reihe kennen! Eine vollständige Liste aller auf Deutsch erschienenen und geplanten Bücher gibt es am Ende des Buches und unter dem folgenden Link finden Sie weitere Informationen:

www.MelissaFoster.com/Herzen-im-Aufbruch

Danksagung

Ich hoffe, Ihnen hat die Geschichte von Penny und Scott gefallen. Sie zu erzählen, war jedenfalls ein Genuss. Sie können meiner guten Freundin Lisa Filipe dafür danken, dass sie mich dazu gedrängt hat, diese Geschichte so bald wie nur möglich aufzuschreiben. Sie hat mich daran erinnert, wie wichtig es ist, meinen Figuren zuzuhören und ihre Geschichten in meinen sowieso schon prallvollen Terminkalender zu quetschen, bevor ich ihre Stimmen verliere. Schlaf wird sowieso überbewertet, nicht wahr? Danke, Lisa, dass du genau so verrückt bist wie ich.

Ich freue mich darauf, Ihnen noch viele weitere Whiskeys-Liebesgeschichten zu schenken, auch über die Colorado-Whiskeys von der Redemption Ranch, die in *Der Liebe auf der Spur*, einem Roman aus der Serie »Die Bradens & Montgomerys« ihren ersten Auftritt haben.

Wenn Sie mehr über die Entstehung meiner Romane erfahren, Einblicke in Geschichten und Charaktere erhalten und mit mir chatten möchten, treten Sie doch einfach meinem Fanclub auf Facebook bei.
www.Facebook.com/groups/MelissaFosterFans

Folgen Sie meinen Autorenseiten auf Facebook und Instagram für kleine Give-aways und topaktuelle Informationen darüber, was in den Welten unserer fiktiven Helden passiert.
www.Facebook.com/MelissaFosterAuthor

www.Instagram.com/MelissaFoster_Author

Vielen Dank an mein großartiges Redaktionsteam: Kristen Weber und Penina Lopez, und meine gründlichen Korrekturleserinnen Elaini Caruso, Juliette Hill, Marlene Engel, Lynn Mullan und Justinn Harrison sowie an mein deutsches Team: Usch Pilz, Stephanie Schottenhamel und Judith Zimmer. Und wie immer danke ich meiner Familie für ihre unermüdliche Unterstützung und dafür, dass sie mir Zeit gibt, in meine fiktiven Welten abzutauchen.

Love in Bloom – Herzen im Aufbruch

Für noch mehr Vergnügen lesen Sie die Bücher der Reihe nach.
Sie werden in jedem Band bekannte Figuren wiederfinden!

Die Snow-Schwestern

Schwestern im Aufbruch
Schwestern im Glück
Schwestern in Weiß

Die Bradens (Weston, Colorado)

Im Herzen eins – neu erzählt
Für die Liebe bestimmt
Freundschaft in Flammen
Wogen der Liebe
Liebe voller Abenteuer
Verspielte Herzen
Ein Fest für die Liebe (Hochzeits-Geschichte)
Nachwuchs für die Liebe (Savannahs & Jacks Baby)
Happy End für die Liebe (Hochzeits-Geschichte)
Weihnachten mit den Bradens (Kurzgeschichte)

Die Bradens (Trusty, Colorado)

Bei Heimkehr Liebe
Bei Ankunft Liebe
Im Zweifel Liebe
Bei Rückkehr Liebe
Trotz allem Liebe
Bei Aufprall Liebe

Die Bradens (Peaceful Harbor)

Geheilte Herzen
Voller Einsatz für die Liebe
Liebe gegen den Strom
Vereinte Herzen
Melodie der Liebe
Sieg für die Liebe
Endlich Liebe – ein Braden-Flirt

Die Remingtons

Spiel der Herzen
Im Dschungel der Liebe
Herzen in Flammen
Herzen im Schnee
Liebe zwischen den Zeilen
Von der Liebe berührt

Die Bradens & Montgomerys (Pleasant Hill – Oak Falls)

Von der Liebe umarmt
Alles für die Liebe
Pfade der Liebe
Wilde Herzen
Schenk mir dein Herz
Der Liebe auf der Spur
Verrückt nach Liebe
Liebe süß und sündig
Und dann kam die Liebe

…

Die Whiskeys: Dark Knights aus Peaceful Harbor

Tru Blue – Im Herzen stark
Truly, Madly, Whiskey – Für immer und ganz
Driving Whiskey Wild – Herz über Kopf
Wicked Whiskey Love – Ganz und gar Liebe
Mad About Moon – Verrückt nach dir
Taming My Whiskey – Im Herzen wild
The Gritty Truth – Kein Blick zurück
In For A Penny – Süßes Glück
Running on Diesel – Harte Zeiten für die Liebe

Seaside Summers

Träume in Seaside
Herzen in Seaside
Hoffnung in Seaside
Geheimnisse in Seaside
Nächte in Seaside
Herzklopfen in Seaside
Sehnsucht in Seaside
Geflüster in Seaside
Sternenhimmel über Seaside

Die Ryders

Von der Liebe bestimmt
Von der Liebe erobert
Von der Liebe verführt
Von der Liebe gerettet
Von der Liebe gefunden

Entdecken Sie Melissa Fosters Bücher auch auf:
www.MelissaFoster.com/Herzen-im-Aufbruch